KEITAI
SHOUSETSU
BUNKO

SINCE 2009

黒愛
~kuroai~

藍里まめ

野いちご
Starts Publishing Corporation

先輩が大好きだから……

私から逃げることは

ユルサナイ

狂愛女子高生物語

contents

第一章
アカイ イト　　　　　　7

第二章
カラー ピン　　　　　　19

第三章
ハイジョ ケイカク　　　37

第四章
ブタ ガ エサ　　　　　87

第五章
アイ ノ カタチ　　　　165

最終章
ココカラ フタタビ　　253

番外編
白愛〜黒愛依存症〜　　261

あとがき　　294

第一章
アカイ イト

4月、高校に入学してから数週間が経つ。
　授業終了のチャイムと同時に教室を飛び出し、テニスコートに走った。
　目的はひとつ。
　愛しの彼を見るためだ。
　友人の菜緒(なお)が息を切らして隣に立つ。
「愛美ー、速すぎ。そんなに急がなくても、まだ誰も来てないじゃん」
　確かにまだテニスコートには誰もいない。
　今日も私が一番のりだ。
　それくらいの気構えがないと、
　いい場所は確保できない。
　うかうかしていたら、フェンスの周囲はすぐに女子生徒で埋(う)まってしまう。
　まだ呼吸が落ち着いていない菜緒に言う。
「付き合ってくれなくてもいいんだよ？　柊也(しゅうや)先輩を堪能するのは、私だけでいい」
「えー友達でしょー？　仲良くしよーよ。私だって柊也先輩見たいしー」
「菜緒！」
「あ…何、その怖い顔…私の場合はただの目の保養。愛美みたいに、身のほど知らずな夢は抱かないよ」
　身のほど知らずな夢？
　それは違う。
　初めて柊也先輩を見たのは、入学式翌日の部活紹介の時。

ひと目見て運命だと思った。
ステージ上の彼と椅子席の私。
ふたりの間に赤い糸が見えた。
テニスコートを囲むフェンスには、徐々に女子生徒が増えてくる。
みんなの目的も柊也先輩。
彼と結ばれるのは私なのに…。
こいつら全員消えてくれないかな…。
キャアと歓声があがり、白いジャージ姿のテニス部員がコートに入ってきた。
大人数のその中から、瞬時に柊也先輩だけを見つけ出せる。
焦げ茶色のサラサラな髪。
小麦色のなめらかな肌。
切れ長の二重まぶたに筋の通った鼻。
唇は色っぽく、声にも艶がある。
彼がラケットを振るたびに、ドキドキと胸が高鳴った。
ブレザーのポケットからスマホを取り出し、シャッターを切る。
周りを見ると、同じように隠し撮りする女子の姿が…。
フェンスを握りしめ、歯ぎしりをする。
撮るなよ…。
彼は私のモノなのに…。

夕暮れまで柊也先輩を見つめて、自宅に帰った。
夜、自分の部屋でノートパソコンを開く。

今日写した画像を取り込み、プリンターで印刷する。
ガガガ…と低い音を立て、吐き出された写真は、今日の柊也先輩。
画面で見るよりプリントした方がいい。
ほおにキスができるし、私のモノって気がするから。
手の中のきれいな顔をしばらく眺め、椅子から立ち上がった。
写真を手に向かうのは、ピンク色の大きなカーテン。
そのカーテンをシャッと開けると、そこは窓ではなく壁だ。
すでに19枚のテニス姿が貼られている。
そこに今日の1枚を足した。
1枚1枚増えていく写真。
早くこの壁一面、先輩で埋まらないかな…。
20枚の写真を見つめて至福の時を過ごしてから、ピンクのカーテンで彼を隠した。
ノートパソコンに向かう。
開いたのは『ケンイチ's Collection』というサイト。
一般的に"学校裏サイト"と呼ばれるものだ。
ケンイチというのは、うちの高校"賢王第一高等学校"の略称。
サイトの掲示板を開き、いつものスレッド『恋してる女の子集まれー！』に書き込みをする。

49:クロアイ　4/28 23:40
今日も彼はステキだったヨ。
早く私のモノにナーレ！

書き込むと、すぐに反応があった。

50:mimi　4/28 23:41
ガンバレ〜↑

51:ゆん　4/28 23:41
彼って誰？　何年何組？

53:苺チョコ　4/28 23:42
ドンドン攻めなー

うれしいな。
私の恋をみんなも応援してくれる。
近い未来、こんなレスを書き込む予定。

───────────────

100:クロアイ
学校一の彼氏をGet！
ふたりは永遠にイッショダヨ
───────────────

第一章 アカイイト

　５月、緑濃くなる季節。
　暖かくなったので、お昼を屋上で食べることにした。
　お弁当を手に、菜緒とふたりで階段を上がる。
　屋上へ続く重い扉。
　きしむ音を響かせ開けると、まぶしい光が目に染みた。
　目の前に開ける青空が気持ちいい。
　屋上は予想より混んでいた。
　みんなも同じことを考えたみたい。
　屋上を囲むフェンスをぐるりと見回し、どこかにあいている場所がないかと探した。
　すると、にぎわう生徒達の中に、柊也先輩の姿を発見する。
　彼は男子３人と、パンをかじりながら談笑していた。
　これはラッキー。
　菜緒の手を引っ張り、さっそく近くへ寄る。
　先輩達の両サイドは、すでに女子グループで埋まっていた。
　わずか１ｍの隙き間。
「すみません、少し詰めてください」
　女子グループにそう言って、無理やり間に割って入った。
　隣には、柊也先輩。
　私に背を向け、友達の話に夢中になっている。
　少し動けばぶつかる距離。
　右腕に彼の気配を感じ、ドキドキした。
　うれしくて笑顔の私とは逆に、菜緒はオドオドしながら耳打ちする。
「隣の女子に、めっちゃにらまれてるんだけど…」

にらむ？　そんなの攻撃力ゼロだよ。
　私の柊也先輩の隣に座る、アンタ達が悪い。
　菜緒と話して、お弁当を食べながらも、意識の大半は彼に向いていた。
　先輩達の話題は、地元サッカーチームの昨日の試合について。
　中村(なかむら)選手のポジション取りが…。
　あのアシストはスゲーよ…。
　あん時の審判のジャッジって…。
　テニス部の彼が、サッカー好きとは知らなかった。
　その情報をしっかりと頭の中にメモしておく。
　夢中でサッカーを語る柊也先輩。
「違うだろ？　あん時はワンフェイク入れて、こうやって……」
　話に熱が入り、身振りで伝えようとし…。
　ひじが後ろの私にぶつかった。
　ちょうどペットボトルの緑茶を飲んでいたので、強く腕にぶつかり、制服にバシャッとこぼれてしまった。
「わっ！　ごめんっ！」
　柊也先輩が初めて私の存在に気づく。
　視線が重なりドキドキして、固まってしまった。
　スカートの上にこぼれ続ける緑茶。
　菜緒が、
「愛美！」
　と呼び、お茶を拾ってくれたので、すべてがこぼれるのは免れた。

動けずにいた私を見て、柊也先輩が慌てる。
「大丈夫？　どっか痛い？　ケガした？」
「あ…痛くないです。びっくりしただけです」
「よかった……よくないか。ごめん、制服びしょ濡れだな」
　ハンカチを出してふいてみたが、ハンカチ１枚で済むレベルじゃない。
　困った。
　彼と話ができて最高にうれしいが、午後の授業をどうすればいいのか。
　今日は体育がないので、ジャージも持ってきていない。
　困る私に、彼がうれしいことを言った。
「俺のジャージ、かなり大きいと思うけど、それ着てくれないか？　本当にごめん」
　柊也先輩のジャージ…。うれしくてたまらない。
　こぼしてラッキーと言いそうになり、慌てて笑ってごまかした。

　先輩が貸してくれたジャージは、上下真っ白なテニス部のジャージ。
　それを着て、午後の授業を受けている。
　いつもは眠くなる午後一の英語。
　今日はうれしくて眠気はどこかに吹き飛んだ。
　こっそり衿元の匂いを嗅ぐと、爽やかなシトラスの香りがした。
　柊也先輩の香り…。いい匂い……。

その日の夜、ノートパソコンを開き、うれしいできごとをさっそく掲示板に書き込む。

64:クロアイ　5/18 23:19
今日初めて話したヨ。
アクシデントが起きて
彼のジャージを貸してもらった。
うれしい♪

書き込み後、今日もすぐに反応レスが。

65:mimi　5/18 23:13
クロアイちゃんの恋応援！

66:ゆーな　5/18 23:14
アクシデント？　どんな？

67:みさき　5/18 23:15
私も恋したーい！

みんなも恋をすればいいよ。
私みたいに毎日楽しくなるから。
でも、彼に恋するのはダメだよ。
そうなったらユルサナイカラ…。

第二章
カラー ピン

5月下旬、日曜日。

　今日はテニスのインターハイ県予選大会。

　柊也先輩は2年生の中で一番うまい。

　次期キャプテンとウワサされるエースだ。

　男子シングルス地区大会は難なく勝ち進み、いよいよ県大会が始まる。

　会場は少し遠い場所。

　菜緒は遠くて行けないと言うので、私ひとりで応援観戦に行く。

　電車とバスを乗り継ぎ、大きな総合運動場にやってきた。

　12面もある広い屋外テニスコートで試合が行われる。

　うちの高校はわりとスポーツに力を入れている。

　テニス部の成績もよく、昨年は男女ともにシングルスで、全国大会に出場した。

　広いコート周辺には、いろんな学校のジャージが入り乱れている。

　数分うろうろして、真っ白なジャージの背に『賢王第一』と書かれたうちの校名を見つけた。

　県大会まで進んだのは5名。

　柊也先輩をふくめたそのメンバーが、コート脇でウォーミングアップしている。

　はりきって柊也先輩に近づいていく。

　お茶をこぼしたアクシデントのお陰で、私達は校内で話をする関係になっていた。

　廊下ですれ違えばあいさつするし、テニス部の練習を見

にいけば、笑顔で手を振ってくれる。
「柊也先輩！」
「おっ、来てくれたんだ」
「もちろんです！　先輩の勇姿を撮るために、一眼レフカメラも持ってきました！」
「マジ？　照れるね」
　隣で柔軟体操中のテニス部員が、彼をからかう。
「あー、この子？　お前の信者って言ってた子」
「信者なんて言ってないだろ。いつも応援してくれる、愛美ちゃんだよ」
　"愛美ちゃん"。
　そう呼ばれると、くすぐったい。
　初めは"黒田ちゃん"と名字で呼ばれていたけど、今は名前で呼んでくれる。
　私と彼の距離はグングン近づいている。
　当たり前。
　これが運命ってヤツだから。
　今日は差し入れを持ってきた。
　スライスしたレモンを蜂蜜に漬けた"蜂蜜レモン"。
　保存容器のフタを開け、柊也先輩の前にそれを差し出した。
　でも、彼が受け取る前に、ショートヘアの女子に取り上げられてしまう。
　この子は１年生マネージャー。
　私もテニス部のマネージャーになりたかったのに、経験者じゃないからと落とされてしまった。

その子が言う。
「大事な試合前に、変なもの食べさせないで。手作りなんて、何が入ってるかわかんないしダメ」
　にらむような目つき。
　直感でわかった。
　この子…私の敵。
　言われっぱなしで、引っ込む私じゃない。
　1歩前に出て、言い返した。
「変なものなんて入ってないよ。蜂蜜とレモンだけ。ほかは何も入れてない」
「それを証明できないでしょ？　これ持ってどっか行って。邪魔！」
　蜂蜜レモンは突き返され、おまけに邪魔って…。
　激戦を勝ち抜きマネージャーになれたからって、偉そうに。
　性格悪い上に、コイツは絶対、柊也先輩を狙っている。
　今のところ、こいつが一番の敵みたい。
　私達が火花を散らしていると、柊也先輩が助けてくれた。
「亜子、ここでケンカはやめろ。自販機でスポーツドリンク買ってきて。はい、これお金ね」
　先輩はその子を"亜子"と呼ぶ。
　私は"愛美ちゃん"で、その子は呼び捨て。
　おまけに頭をポンポン叩いて、親しげな態度…。
　自販機に向かって走る彼女を、ついジットリとにらみつけてしまう。
「愛美ちゃん」

柊也先輩に呼ばれて、慌てて笑顔を作った。
「蜂蜜レモン、今は食べられない、ごめんね。試合前に腹いっぱいにする訳にいかないしさ…。終わったら食うから」
　差し入れもらってくれたけど…。
　今、食べてくれない…。
　せっかく願いを込めて作ったのに。
　これを食べたら優勝できると念じながら、素手でネチャネチャとかき混ぜたのに…。

　柊也先輩は１回戦を無事に勝ち抜いた。
　昼をはさんで２時間後に、２回戦があるみたい。
　私にできることは、カメラのシャッターを押すことだけ。
　タオルを渡すのも、着ているジャージを預かるのも、何もかもあの子がやる。
　あの子と彼がスコアブックを見ながら、真剣に話している。
　それを木陰からジッと見ていた。
　あの女…邪魔……。

　試合結果は２回戦敗退だった。
　ほかの部員も敗退し、今年のテニス部は誰も全国大会に進めなかった。
　肩を落とす先輩に声をかけられず、そのまま家に帰ってきた。
　試合結果は残念だけど、真剣にコートを駆ける彼は最高に素敵だった。

見にいってよかったと思っていた。
　夜寝る前に、今日写した何十枚もの画像をプリントした。
　写真になったものを１枚１枚眺め、ニヤニヤする。
「この先輩いいなー…。ボールを追いかける真剣な目が素敵…」
　今日のベストショットを大きく引き伸ばし、壁の中央にピンで留めた。
　ピンクのカーテンで隠された壁は、今では少しの余白もないほど、写真が溢れている。
　高性能一眼レフカメラ、高かったけど貯金をはたいて買ってよかった。
　スマホカメラの望遠機能じゃ、やっぱり限界があるから。
　一眼レフカメラで写した最近の写真を眺める。
　この写真は、グラウンドで体育の時間にサッカーをしている姿。
　仮病を使って駆け込んだ、保健室の窓から写したもの。
　こっちは、窓際の席で授業を受けている柊也先輩の横顔。
　彼のクラス２－Ｂが見える渡り廊下に行き、遠くから窓越しに撮影したものだ。
　それから…。
　自宅の玄関から出てくるところに、近くのコンビニで雑誌を立ち読みしている姿……。
　うれしいな…。
　コレクションが増えていく…。
　この壁に貼られた柊也先輩は、私だけのモノ…。

何十枚ものきれいな顔を、ウットリ眺めていると、邪魔な存在がチラチラ目に入る。
　テニス部マネージャー"中沢亜子"。
　あの女が彼と一緒に、フレームの隅に写り込んでいる。
　1、2、3……。
　アイツがいるのは全部で5枚。
　5枚も…。
　机の引き出しからカラーピンを取り出した。
　赤いピンは目に。
　青は口に。
　緑は手足に。
　黒は心臓に…。
　あの子の写真にブスリとピンを突き刺し、
「アハハ」
　と笑う。
　本物にも、こんな風にできたら、イイノニナ……。

　テニス大会翌日、月曜日。
　朝のホームルームが始まる前に、トイレに行った。
　今朝は急いでいたから寝グセが…。
　自慢の長い黒髪を水で濡らし、ブラシでクセを直していた。
　そこへ菜緒がやってきた。
「遅いと思ったら、髪いじってたのか。大きい方、ふん張ってんのかと思った」
　ふだんなら、

「変な想像はやめて」
　と突っ込むところだが、今日の私は機嫌がいい。
「ウフフ」
　と笑ってやり過ごす。
　菜緒がブラシを取り上げ、後ろのハネを直してくれる。
「愛美ー、今日はいつもより可愛いね。イイコトあった？ 柊也先輩がらみ？」
「ううん、今朝はまだ先輩に会ってない。理由はないけど、今日はなんか楽しい。イイコト起きそうな予感！」
　私が笑い、菜緒もつられて笑う。
　菜緒は好き。
　柊也先輩をカッコイイと言っても、絶対好きにならないと言ってくれたから。
　女子トイレから出ると、ちょうど予鈴が鳴る。
　廊下の向こうからバタバタと女の子が走ってきて、その子の腕と私の肩がぶつかった。
「ごめっ…あ…」
　そう言うのも、顔をそらすのも同時。
　テニス部マネージャーの中沢亜子。
　朝から白ジャージ姿ということは、朝練から急いで戻り、着替えるひまがなかったのだろう。
　ツンと澄まして、彼女は自分のクラスに入っていく。
　彼女のクラスは1－C
　私と菜緒は1－F。
　C組を通り越そうとした瞬間、悲鳴を聞いた。

かん高い女子の悲鳴。
　ふり返ると、C組内がザワザワと騒がしい。
「何かあったのかな…」
　菜緒は見にいきたそうな顔をする。
　そんな彼女の腕を引っ張り、歩みをうながす。
「きっと、たいしたことじゃないよ。ほら、急がないと遅刻扱いになっちゃう」
「うん…」
　うながされ、菜緒はしぶしぶ歩きだした。
　今の悲鳴は中沢亜子。
　そうに違いない。
　何があったのかな…。
　ウフフフフフ…。

　昼休み、教室でお弁当包みを広げる。
　2段のお弁当箱。
　下段は、白米の真ん中に梅干しひとつだけ。
　上段は、昨日の夕飯の残りのおかずが詰められていた。
　お母さん…。
　今日のお弁当はずいぶんと手抜きだね…。
　文句は言えない。
　言えば、
「じゃあ、自分で作りな」
　と言われてしまう。
　朝はお弁当なんて作っている時間はないのだ。

髪のセットに1時間かかるから、戦場のように忙しい。
　カラッと感ゼロのコロッケに箸を突き立てた時、どこかへ行ってた菜緒が戻ってきた。
「あー、先に食べてた。ごめーん」
「そんなのどうでもいい！　ニュース、ニュース！　あのね？　大きい声じゃ言えないけど———」
　菜緒は小声で話そうとしていたが、興奮し、どんどん声が大きくなっていく。
　興奮の理由は、今朝の悲鳴の件を探ってきたからだ。
　あの悲鳴は思った通り、中沢亜子の悲鳴だった。
　菜緒はこんな話を教えてくれた。
　私にぶつかった後、彼女は澄まし顔で教室に入っていった。
　そして、すぐに異変に気づく。
　なぜか自分の机を、クラスメイト達が取りまいているのだ。
　人をかき分け、自分の机を目にして…。
　彼女は悲鳴をあげた。
　机が真っ赤…。
　鮮血のように真っ赤なインクで、表面が塗られていた。
　さらにその上には、カラーピンが並んで突き刺さり…。
　こんな文字を形作っていた。

　———　テ　ニ　ス　ブ
　　　　　ヤ　メ　ロ　———

これが今朝の悲鳴の理由。

菜緒は面白がっていた。
　入学してから2ヶ月も経てば、学校生活に新鮮味がなくなる。
　退屈気味の日々に起こった怪事件だと、興奮していた。
　その話を、
「ふーん」
　と聞きながら、私はモグモグお弁当を食べ続ける。
「愛美？　なんで驚かないの？」
「思ったより、たいした事件じゃないから。あの子、白ジャージ着て調子にのってたし、そんなこともあるんじゃない？」
「え…でもさ……」
　菜緒の話をさえぎるように、ミニトマトにブスッと箸を突き立てた。
　トマトの汁が机に飛んだけど、気にしない。
「真っ赤な机に、カラーピンね…。ヌルイよ…私なら、机より本人に…サシタイナ…」
　刺したミニトマトを口に入れ、ニッコリ笑って見せた。
　なぜか、菜緒の顔から血の気が引いていく。
「まさか…犯人…愛美じゃないよね…？」
「ん？　まさか」
　犯人が誰かは知らないヨ…。
　でもね、憧れの白ジャージを着るあの子はムカつくから…。
　気持ちがイイネ…。

　カラーピン事件の犯人は見つからない。

あせる先生達を尻目に、嫌がらせはくり返された。
３日後の朝、今度は玄関から悲鳴があがった。
中沢亜子の上靴が、真っ赤に染められていた。
そして靴の中には、山盛りのカラーピンが…。
７日後の昼は、彼女がお弁当のフタを開けると、ご飯の代わりにカラーピンが入っていた。
１０日後の放課後は、テニスコートに向かおうと校舎を出た彼女の頭上に、大量のカラーピンが降ってきた。
３～４日開けてくり返される嫌がらせ。
そのせいで、最近彼女は元気がない。
ショートカットの快活な髪型、猫のように強気な瞳、白ジャージを着ると、ペルシャ猫のように生意気に見えた彼女が、今は段ボール箱で震える捨て猫みたいだ。
中沢亜子は怖がっている…。
見えない犯人に恐怖し、震えているのに…。
まだ、テニス部をやめない…。

嫌がらせ初日から、半月が経過した。
放課後、いつものようにテニス部の練習を見にきた私。
テニス部員がぞろぞろとコートに入る中、柊也先輩の姿が見つからなかった。
中沢亜子の姿もない。
不信に思い、ふたりの姿を探す。
テニス部の部室は、グラウンド脇のプレハブ長屋の一室だった。

その前を通ると、中から話し声がした。
　ドアを少し開け中をのぞくと、探していたふたりがいた。
　この位置から見えるのは、柊也先輩の背中と、うつむく中沢亜子の顔。
　先輩が静かに諭すように話しかけていた。
「亜子のために言ってるんだ…もうマネージャーやめた方がいい…。嫌がらせがエスカレートしたらどうする？」
　退部をすすめられていた。
　最初の嫌がらせで、机に残された言葉は、『テニスブヤメロ』のメッセージ。
　退部すれば、きっと嫌がらせは終わるだろう。
　退部のすすめに、彼女は首を横に振る。
「私…やめたくありません…嫌がらせにも負けたくない…」
　柊也先輩は、
「心配だから」
　とくり返し説得するが、それでも彼女はやめないと言い続けた。
　平行線の話し合いがしばらく続く。
　言うこと聞かない後輩に、柊也先輩がイラ立つのを感じた。
　蹴飛ばされたパイプ椅子が、おおげさな音を立て転がった。
　蹴ったのは彼。
　驚いて小さく叫んだのは彼女。
　彼女を心配していたはずの先輩が、とうとう本音を吐き出した。
「はっきり言うけど、亜子がこのまま部に残ると困る。俺

達テニス部員が困るんだ」
「え…?」
　被害者ヅラした彼女は、不思議そうな顔をした。
　きっと今、こう思っていることだろう。
「嫌がらせに困っているのは私だけ。なぜ先輩達まで困るの?」
　彼女は瞳をゆらし、とまどっていた。
　柊也先輩は、優しく説得するのに疲れたみたいで、冷たい声でこう言った。
「"ケンイチ's Collection" 見てる?」
「あ…学校裏サイトの…。最近は…怖くて見ていません…」
「亜子の嫌がらせについて、スレッドが立ってる。それを読めば、俺の言ってる意味がわかるから」
　"中沢亜子がマネージャーを続ければ、先輩達に迷惑がおよぶ"。
　掲示板を見ていない彼女は、その意味を理解できない。
　一方、私は理解できる。
　だって…。
　そのスレッドを立てたの、私だから。
　タイトルはこう。
『カラーピン女子を助けたい人、集合ー!』
　恋敵を助けたいなんて、私ってお人好しだネ。
　反応は上々。
　その掲示板の書き込みはもうすぐ100件に達するところ。
　初めの方は、こんな同情レスが多かった。

03:桜子　5/23 21:18
かわいそー　犯人許せない！

04:ザク_087Z　5/23 22:01
ショートの子だよな？
可愛いから嫉妬じゃね？

05:モモカ　5/25 01:21
負けずに頑張れ
私は味方だよ

"犯人許せない" "頑張れ"
　そんな言葉がにぎわう掲示板。
　みんな優しいネ…。
　この世は偽善者で溢れているネ…。
　偽善者達の集う掲示板、１週間後には、こんな書き込みに変わってきた。

59:ゆーりん　6/1 22:51
嫌がらせシツコイ。いつまで続くの？
てか、あの子なんで恨まれてんの？

60:スコーピオン　6/1 23:03
犯人の恨みハンパねぇ！
カラピン女に仕返し中www

61:Yume　6/2 00:36
情報仕入れた！　兄貴のコネでマネになれたんだって！
テニス経験者とか言って、中学テニス部２ヶ月でやめたらしいよ？
犯人きっとマネ戦、敗者だよ！

さらに１週間後の掲示板。
偽善者達はついに羊の皮を脱ぎ捨てた。

89:あーみん　6/13 18:58
あんな女をマネにしたテニス部ってどうなの？
白いジャージがグレーに見える

90:zero　6/13 20:47
ウワサでは脱ぐとイイ女！
男子部員のお気に入りwww

91:夕凪　6/13 23:58
えー！それって"男子部員×女子マネ"ってこと？
部室で乱交？ヤダー！白ジャージに憧れてたのにキモーイ！

92:やっちゃん　6/14 00:02
テニスブ　ハイブ　署名活動開始。kukukuku…

　もう一度言うけど、このスレッドのタイトルは、『カラーピン女子を助けたい人、集合ー！』だよ。
　気軽に書き込める匿名の掲示板。
　無責任な言葉が並ぶ掲示板。
　みんなも書いてるから私ものっかれ…。
　軽いノリで書いた冗談が、いつしか事実に変化する……。
　掲示板って…。
　コワイ　ヨネ…。

　その翌日、中沢亜子は退部届を出した。
　昨夜、あの掲示板を見て、きっと震えたことだろう。
　あの子が本当にテニスが好きなのは知っている。
　同じ中学の子に聞いた話。
　中学テニス部をわずか２ヶ月でやめたのは、成長期の骨の病気で、ドクターストップがかかったから。
　部屋にはたくさんのテニスマンガがあって、貸した友達

が汚してしまい、激怒したこともあるそうだ。
　この前偶然本屋で見かけた時は、『テーピング入門』という本を熱心に立ち読みしていた。
　テニスが大好きな中沢亜子。
　マネージャーができなくて…。
　カワイソウ　ダネ…。

第三章
ハイジョ ケイカク

7月上旬、今日は校内マラソン大会の日。
　暑い日差しの中、なぜ5kmも走らねばならないのか…。
　やる気があるのは運動部の生徒だけ。
　その他大勢の私達は、口々に不満をもらしている。
　グチグチ言ったところで学校行事は変えられない。
　長い髪をポニーテールに結わえ、しぶしぶスタートポイントに向かった。
　スタートは校門前、2.5km先で折り返し、学校に戻るというつまらないコースだった。
　全校生徒がいっせいにスタートするため、校門はものすごい混みようだ。
　やる気のない私は、後方で菜緒とおしゃべり中。
　走る気もなく、のんびり歩いてゴールするつもりでいた。
　その時、人がひしめく中に、白ジャージの一団がチラリと見えた。
　スタートポイントの前方は、やる気満々の運動部の生徒達。
　その中にテニス部も混ざっているのだ。
「菜緒！　悪いけど、私、前に行くから！」
「はあ？　何、やる気出してんの？　まさか走る気？」
「走る！　柊也先輩と一緒に！」
「あぁ…そういうこと…」
　柊也先輩と一緒なら、マラソンだって楽しい。
　ウキウキしながら人をかき分け、白ジャージ集団のもとへ。
「柊也先輩！」
「おっ、愛美ちゃん。今日も元気だね。ひょっとして走る

気満々?」
「はい! 一生懸命走ります!」
「ハハッ、いい返事。俺は走るのヤダなー。ボールを追うのは楽しいけど、ただ走るだけって性に合わない」
「じゃあ、ゆっくり歩くつもりですか? だったら私も…」
 ラッキーだと思っていた。
 走らず先輩と5kmの散歩なんて最高だと、笑みがこぼれた。
 でも、そうはいかない。
 柊也先輩は、挑戦的な視線を前方に向けた。
「走るよ。運動部は上位に入らないと、どやされるからね。それに、テニス部から10位入賞者が出たら、顧問が全員にメシおごってくれるって言うしさ。今日の俺は、マジで走るよ」
 静かな気合いのこもる目…。
 柊也先輩が本気で走ると、ついていけないのは想像にたやすい。
 後方に下がろうかと考えたが、少しでもいいから隣を走りたかった。
 スタートのピストルが鳴り、いっせいにスタートした。
 少しくらいは一緒に…。
 そう思っていたが、スタート直後に置いていかれた。
 こうなると、もうやる気ゼロだ。
 ゆっくり歩く私を、邪魔だと言いたげに、大勢の生徒が抜いていく。

数分ひとりで歩いていると、後方スタートの菜緒に追いつかれた。
「あれ？　柊也先輩と一緒に走るんじゃなかったの？」
「無理だった。先輩本気出すって言うんだもん。菜緒、一緒に歩こ？　友達だよね？」
「あんたって…すがすがしいほど、ワガママだよね…」
　菜緒としゃべりながら歩いていたが、数分してお互い無口になる。
　歩いているだけでも相当疲れていた。
　日差しが強く、肌がジリジリ焼ける。
　日焼け止めを厚塗りしてきたせいか、汗が出にくい。
　体に熱がこもり、頭がぼんやりしてくる。
　前方からは、折り返し地点を通過した先頭集団が走ってきた。
　トップは陸上部男子。
　さすがだね、余裕の表情ですごいスピード。
　先頭集団は10人ほどで、陸上部、野球部、サッカー部の生徒が占めていた。
　柊也先輩の姿は、まだ見えない。
　気合いを入れていたけど、10位入賞は無理かも…。
　先頭集団が駆け抜けていくと、急に気分が悪くなった。
　軽い吐き気と手足のしびれ…。
　足に力が入らなくて、アスファルトにひざをついた。
「愛美？　どした？」
　心配する菜緒の顔が、少しぼやけて見える。

第三章 ハイジョ ケイカク ≫ 41

「菜緒……先行っていいよ──」
「わっ、顔真っ赤。ヤバイって、熱中症だよ、きっと。先生呼んでくるから、待って…」

　菜緒がそう言った時、
「愛美ちゃん、大丈夫？」

　と優しい声がした。

　目の前には、汗だくの柊也先輩がいた。

　足を止め、私の様子を気にしてくれている。
「間違いなく熱中症だな…」

　そう言って彼は、私を横抱きに抱え上げた。
「先輩…走らないと10位入賞できないです…」
「もう無理だよ。やっぱ陸上部は強いや。これからは、俺も真面目に走り込みする」
「すみません…」
「いいって。とりあえず日陰に入ろう」

　私を抱えて、彼は歩きだす。

　首筋に流れる汗…。

　彼の汗なら、ちっとも不快じゃない。

　香水みたいにいい匂い…。

　胸がドキドキする…。

　近くに小さな公園があり、木陰の芝生の上で下ろしてくれた。

　公園をお散歩していたおばさんが心配して自販機で水を買ってくれて、菜緒は先生を呼びにいってくれた。

　水を飲み、木陰で横になると、気分がよくなってきた。

吐き気もしびれもおさまり、体の異常な熱も冷めていく。
「水、俺も飲んでいい？」
　私の飲みかけのペットボトルに、彼が口をつける。
　間接キス…。
　うれしいな…。
　夢みたいな光景だった。
　芝生に横になる私、隣に座り、ジッと見下ろす彼。
　木陰には涼しい風が吹き、木もれ日を浴びる彼の前髪が、サラサラと風にゆれていた。
　無言で見つめ合う私達…。
　いい雰囲気の中、きれいな顔を見つめていると、彼が欲しくてたまらなくなる。
　今すぐ欲しい…。
　私だけのモノにしたい…。
　込み上げる気持ちが、自然に口をついて出る。
「好きです…。柊也先輩が好きです…」
　彼は少しだけ驚く。
　今言われると思わなかったからだろう。
　私の気持ちはバレバレだ。
　毎日テニスコートに通い、アピールし続けてきたのだから。
　驚いた後、彼は困った顔をした。
　言われたのは、予想していなかった言葉…。
「俺…彼女いるんだ…ごめん…」
「………」
「最近反省してた。思わせぶりな態度をとってんじゃない

かって…。彼女がいること、もっと早くに言えばよかったな…。期待させてごめん…」
　すごくショックだった。
　"彼女"という言葉が、心臓に突き刺さる。
　"素敵な彼には彼女がいて当たり前"。
　そんな一般的な考えは、私の頭にない。
　だって…。
　彼の運命の相手は私だから。
　赤い糸が見えているから。
　私達の間に割り込んできた"彼女"。
　その女…。
　どうにかしないと
　イケナイネ…。

　すまなそうな表情の彼。
　体を起こして座り、そんな彼に明るく笑いかけた。
「やだなー、謝らないでくださいよ！　私は柊也先輩の一番のファンでいたいんです。これからも全力で応援するから、笑ってください。恋の邪魔もしません。だって、柊也先輩が大好きだから！」
　そう…ジャマはしない…。
　ジャマなんて、ヌルイことはしない…。
　するのは…ハイジョ…。
　満面の笑みを見せると、柊也先輩も笑ってくれた。
　私の頭を優しくポンポンと叩き、こんなうれしいことを

言ってくれた。
「愛美ちゃんは…可愛いね…。明るくて、いつも一生懸命で…本当可愛い。彼女がいなかったら、たぶん君に惚れてた……あ、悪い。また思わせぶりなこと言った。俺って悪い奴…」

　しばらくすると、菜緒が先生を連れて戻ってきた。
　その頃には普通に歩けるようになっていたが、念のためと言われ、車に乗せられ学校へ向かう。
　車の後部座席でひとり、
「フフフ」
　とほくそ笑んでいた。
　うれしいな…。
　私達は両思いなんだね…。
　彼女さえ消えれば…。
　彼はすぐに私のモノ…。

その日の夜、いつもの掲示板『恋してる女の子集まれー！』にこんな書き込みをした。

78:クロアイ　7/2 22:47
陥落まであと一歩！
もうすぐ彼は私のモノだヨ！

これからしばらくは忙しくなりそう。
 "彼女"さんに会いにいかなくちゃネ。

 翌日からさっそく"彼女"について調べ始めた。
 昼休みに柊也先輩の教室へ行き、こうお願いした。
「彼女さんはどんな人ですか？ 昨日想像していたら、眠れなくて…。きっと先輩にお似合いのきれいな人なんだろうなー。写メとかあったら見せてください！」
 邪気を隠して愛らしさを装う。
 柊也先輩は何も感づかず、ポケットからスマホを取り出した。
 見せてくれたのは、どこかの公園で写した画像。
 肩までのゆるくウェーブがかかった髪。
 目が大きくて色白で、きれいな人…。
 花畑をバックに立ち、白いセーラー服姿の彼女が微笑んでいた。
「この制服…白蘭女学院ですか？」
「そう。他校だからさ、俺って、彼女持ちだと気づかれにくくて…」
 なんとなく他校のような気はしていた。
 うちの学校なら、とっくに気づいて排除している。
 すごくきれいでお似合いだと、笑顔でほめちぎる。
 彼は照れながらも、私の質問にスイスイ答えてくれた。

 白蘭女学院2年1組。

清宮鈴奈(きよみやすずな)。
吹奏楽部、パートはフルート。
父親は開業医。
門限は8時。

へぇ…絵に描いたようなお嬢様…。
ムカツクネ…。

先輩にお礼を言い、自分の教室に戻った。
中学時代の友人にメールを送る。
《久しぶり！ 元気？ 由梨(ゆり)に会いたいよ。女子高話聞かせて》
すぐにこんな返信が返ってきた。
《うれしい!! 愛美ちゃんが私のこと忘れていないって…すっごくうれしい！ 今涙出ちゃった。今日の放課後あいてる？ すぐに会いたい！》
この子…。
私からのメールが、泣くほどうれしいって…。
由梨は中3の時のクラスメイト。
パッツン前髪に三つ編、分厚いレンズのダサメガネ、スカート丈はひざ下20cmで、ペンケースは変なアニメキャラ。
当時、イケてない女子No.1と言われていた。
3年のクラス替えで、友達ができず孤立した由梨。
毎日しょんぼりしていた由梨。
だから私は、こう言ってあげた。

『私と友達になろ？　お昼も一緒に食べよ？　由梨の真面目キャラ、結構好きだよ』

　みんな驚いていた。

　特に私の所属する女子グループは、びっくりしすぎて固まっていた。

　うちらの中に、そのダサ子を入れるの？　マジで？

　そんな視線が向けられていた。

　でも誰も私に意見しない。

　怒らせると恐いのは、仲間内で有名だからね。

　朝のホームルーム開始のチャイムを待ち、鳴り終わると大声で言った。

『仲間はずれなんてよくない、かわいそうだよ！　中学生最後の１年、みんなで楽しくいこうよ！』

　ちょうどそこに、クラス担任が入ってきた。

　先生はうれしそうな顔をして、私に温かい目を向けていた。

　賢王第一高校に推薦入学を希望していた私。

　推薦枠１名に対し、あの時点で希望者は３人もいた。

　だから由梨を利用させてもらったの。

『ダサ子をグループに引き入れ面倒をみる。優しくリーダーシップを取れる女の子』

　私の内申書には、たぶんそんな言葉が書かれていたんじゃないかな…。

　放課後、テニスコートには行かず、由梨の高校の正門前にいた。

"白蘭女学院"。
　そう…。
　柊也先輩の彼女が通う女子高。
　目の前を通り過ぎるのは、白いセーラー服を着た女子ばかり。
　チラチラと向けられる視線と、ヒソヒソ話す声にイラ立つ。
　賢王第一で悪かったね…。
　学力レベルは、うちが中で、白蘭は最上。
　その上から目線な感じが、かなりムカついた。
　待ち合わせ時間の３分前、由梨が玄関から走り出てきた。
「キャア、愛美ちゃん！　久しぶり！　うれしいよー！」
　喜ぶ由梨に少し驚いていた。
　見た目があか抜けている。
　高校デビューってヤツなのか。
　三つ編ではなく、ゆるくパーマをかけた肩までの髪。
　ビン底メガネをはずして、コンタクト。
　軽くメイクまでして、すっかり可愛い女子高生になっている。
「由梨！　うわ、久しぶり！　なんか可愛くなってる！　ビックリしちゃった！」
　ほめられると、すぐに耳まで真っ赤になる。
　その素直な反応は変わっていない。
　あつかいやすいイイ子だネ。
　駅前のマックに移動した。
　２階席はいろんな制服の高校生でにぎわっていた。

あいているふたり用テーブルに座り、ポテトのLサイズを分け、コーラでのどを潤した。
　由梨には今の女子高が合っているみたい。
　真面目な子が多く、友達もたくさんできたと言う。
　からかう男子もいなくて、中学時代より楽しく過ごしているようだ。
　お互いの学校生活を軽く話してから、由梨に聞いた。
「ねぇ、もしかして彼氏できた？　その見た目の変貌ぶりは、男がらみと見た」
　元ダサ子に先に彼氏を作られたら、何か嫌。
　でも、そんな気持ちはおくびにも出さず、笑いながら聞いた。
　由梨は真っ赤な顔をして、両手を顔の前で振り否定する。
「違うよ！　彼氏なんて…私にはそんな…。この髪型はね、憧れてる先輩のマネをしたんだ」
　カバンの中から携帯電話を出し、由梨は写メを見せてくれた。
　まだダサ子スタイルの時の由梨と、憧れの先輩とやらが並んで写っている。
　その写メを見て、口にふくんだコーラを吹き出しそうになった。
　憧れの先輩は、柊也先輩の彼女だった。
　今日の昼、彼のスマホの中にいた女が、由梨の携帯の中でも微笑んでいた。
　コーラのストローから口を離して聞く。

「清宮鈴奈さん？」
「え？　鈴奈さんと知り合い？　すごい偶然ー！」
　本当、笑ってしまうほどの偶然。
　そろそろ、どうでもいい由梨の話を切り上げ、本題に入ろうとしていたところ。
　この話の流れは好都合だネ。
　由梨の手から携帯を奪い取り、じっくりと眺めた。
「直接の知り合いではないけど知ってるよ。この人の彼氏が、うちの高校の先輩なんだ。先輩に今日"たまたま"彼女の写メ見せてもらったところ」
　私が清宮鈴奈を知っていたことが、由梨はかなりうれしいようだ。
　白いほおをピンク色に染め、浮かれて饒舌(じょうぜつ)にしゃべりだす。
　由梨から聞いた人物像は、成績優秀、眉目秀麗(びもくしゅうれい)、人望があり後輩の面倒をよくみて…。
　私の一番嫌いなタイプだ。
　そんな彼女に憧れ、由梨は髪型をマネしたらしい。
　言われて見ると、よく似ている。
　肩までの長さ、ウェーブのかけ方、カラーも少し入れているみたいで、きれいなダークブラウンだ。
　白いセーラー服姿で後ろを向けば、見分けがつかないかも。
　清宮鈴奈の写メを、食い入るように見ながら質問する。
「ねぇ…鈴奈さんと由梨って身長同じくらい？　後ろ姿で間違えられることない？」
　ふたりが並んで写るこの写メでは、背格好は似ているよ

うに見えた。
「え？　う〜ん、そうだね。身長は同じくらい。間違えられたことはないけど、髪型鈴奈さんのマネ？って、よく言われる」
「へぇー…」
　似ているよ…。
　同じ制服、同じ髪型、これで持ち物が同じだったら…。
　たぶん見間違えちゃうネ。
　心の中でニヤリと笑い、由梨に携帯電話を返した。
　帰り道、ふたりの家への分かれ道で、由梨は何度も私に聞く。
「愛美ちゃん、また会える？　私ね、愛美ちゃんのこと大好きだから、ずっと友達でいたい」
　由梨の中の私は、女神的な存在。
　危うく、イジメの対象になりそうだった自分を、救ってくれた救世主。
　大好きだろうね。
　輝いて見えるだろうね。
　本当はあんたなんて、どうでもいい存在なのに。
　純粋にしたう由梨の両手を、ギュッと握った。
「私も由梨が大好きだよ！　ずっとずっと友達、また会おうね、連絡するから」
「うん！」
　由梨と友達でよかった。
　今初めてそう思えた。

"彼女"と後ろ姿が似ているこの子。
　すごく使えそうな気がするヨ…。

　７月中旬、暑い日々が続いていた。
　期末テストも終わり、近づく夏休みに生徒達は浮かれている。
　昼休みのにぎやかな教室で、菜緒とふたり、ダラダラとお弁当を食べていた。
　午後は体育。
　くそ暑い中での体育は最悪だ。
　ふたりで体育の悪口を言い合っていると、
「愛美ちゃん」
　教室の入口から声がした。
　この声は…。
　ふり向くと、そこには柊也先輩の姿が。
　憂鬱（ゆううつ）だった気持ちが一気に吹き飛び、満面の笑顔になる。
「うわ、露骨（ろこつ）」
　呆れる菜緒を無視し、ドアに手をかける彼のもとに走った。
「柊也先輩！　どうしたんですか？」
　ニコニコ笑顔で元気に聞くと、彼はホッとした表情を浮かべた。
「最近姿を見せないから、何かあったのかと思ってさ…」
　ここ２週間ほど、テニスコート通いをやめていた。
　柊也先輩は見たいけど、それより優先しなければならないことがあり、忙しいから。

放課後、テニスコートに向かいそうになる足に喝を入れ、足早に学校を後にしていた。
　柊也先輩はそれに気づいていた。
　相変わらずファンが多いテニス部。
　フェンスを囲むギャラリーの中に、私がいないと気づいてくれたんだ…。
　うれしくて胸が高鳴り、顔が熱くなる。
　彼は、さっきまで私が座っていた机に視線を向けた。
「まだ食い終わってないのか…少し話そうかと思ったけど、また今度…」
　そう言われてあせる。
「食べ終わってます！　お腹いっぱいだったんです！　というより、久しぶりに会えて胸がいっぱいで、もう食べられません！」
　柊也先輩の腕をつかみ必死で引き止める。
　素敵な瞳が細められた。
「アハハ」
　と笑いながら、彼は頭をなでてくれた。
　柊也先輩に連れられ移動したのは、1階北側にある"生物化学室"。
　中に入ると、空気がひんやりして気持ちいい。
「ここ、夏の穴場。涼しいし、誰もいない」
　人がいない理由は、たぶんコレ。
　ヒキガエル、蟯虫(ぎょうちゅう)、ネズミ…棚に並ぶ標本達。
　人体模型"ミツオ君"も、内臓をさらして立っている。

涼しくても、女子ならここは嫌がるだろう。
「平気?」
　と聞く先輩に、
「見ないようにしますから、平気です」
　と微笑み返した。
　本当は、まったく気持ち悪いと思わない。
　子供の頃、車にひかれ内臓が飛び出した猫を1時間眺めていた。
　カエルを握りつぶしたこともある。
　壁に背をもたれ、ひんやり冷たい床に並んで座った。
　ふたりきりの空間が楽しい。
　声を弾ませ話しかける。
「柊也先輩!　私がいないことに気づいてくれたんですね!」
「すぐに気づいたよ。毎日見る顔がないと、景色が違って見える。最初の数日は用事があるのかと思ったけどさ、2週間も来ない…何してた?」
「えっと…短期のバイトを始めて…。でも、もうすぐ終わります。そうしたら、またテニスコートに通います」
　バイトというのは嘘。
　放課後は清宮鈴奈の尾行に忙しいだけ。
　それももうすぐ終わる。
　彼女について、おおかたのリサーチは済んだから。
　バイトという嘘の理由に、柊也先輩はため息をついた。
　ホッとしたような、逆に何かに困っているような、そんな気になるため息だ。

第三章 ハイジョ ケイカク ≫ 55

「先輩？　どうしたんですか？　何か困っていますか？　あ…私、また先輩を困らせちゃいました？　ごめんなさ…」
　謝りかけた声に、彼が言葉を被せた。
「違うよ、困っているけど、愛美ちゃんのせいじゃない。俺さ…すげーズルイこと考えてた…」
　自嘲気味な笑い方…。
　ズルイとはどういうことか？
　彼の気持ちをつかめずにいた。
「聞かせてください。何を言われても、私は平気。今困っている理由を知りたいです。ズルイって何がですか？」
　先輩の手に自分の手を重ねた。
　彼はふり払わず、しっかりと繋いでくれた。
　それからポツポツと本心を話し始めた。
「正直な気持ちを言えば、呆れると思うけど…。俺さ…愛美ちゃんをフっておきながら、嫌われたくないと思ってる…。姿が見えないこの２週間、ずっと不安だった。俺じゃない奴に心変わりしたんじゃないかと…イライラした。彼女持ってってバラさなければよかったと、後悔もした。俺サイテー。彼女は大事。けど、愛美ちゃんにもずっと好きでいてもらいたい」
　そう言われて、"やっぱり"と思っていた。
　柊也先輩の心は、私に傾いてきている。
　当たり前、彼が最終的に選ぶのは私。
　それが運命だから。
「呆れた？」

私を見ずに床に向けて聞くのは、怖がっているから。
　嫌われたんじゃないかと、恐れているから。
「呆れました」
　そう答えて、繋いでいる彼の手にキスをした。
　彼は驚いていた。
　目には驚きを…。
　口元には、隠し切れない笑みを浮かべていた。
「呆れますよ。そんなことで困っているなんて。私が先輩を嫌いになることはありません。彼女がいても、フラれても、ずっとずっと大好きです。そうだ！　私と連絡先交換してくれませんか？　テニスの応援に行けない日は、理由を書いて送信します。そうすれば不安にならないでしょう？　それ以外でしつこくメールしたりもしません。彼女さんとケンカになったら困りますもんね」
　笑顔でそう言ってあげると、予想通り彼は心打たれたみたい。
　体を引き寄せられ、胸の中に抱きしめられた。
　白いワイシャツから、シトラスの爽やかな香りがする。
　私よりも速い鼓動が聞こえた。
「ヤバ…。すげー可愛い…。そんな健気(けなげ)な態度見せられたら…惚れてしまいそう…」
「柊也先輩…。また思わせぶりなこと言ってますよ？」
「わかってる…。俺って、最低な正直者…」
　"惚れてしまいそう"だって。
　それは間違い。

柊也先輩はもう私に惚れている。

彼は優しいから、ふた股かけそうな自分に困っていることだろう。

大丈夫だよ。

すぐに清宮鈴奈を排除してあげるから。

彼女への愛を…。

ズタズタにしてアゲル…。

その日の夜、遅くまで机に向かっていた。

手にしているのは、細い毛糸と鍵針。

真夏にマフラーを編んだりしない。

編んでいるのは"アミグルミ"。

小さなパンダのマスコットだ。

「でーきた！」

編み上げたそれに綿を詰め、ひもをつければ完成だ。

小さな2等身のパンダを手のひらにのせ、細部を点検した。

机の引き出しを開け、ミニアルバムを取り出す。

100枚近い写真をパラパラとめくり、1枚の写真とパンダを見比べた。

うん、そっくり。

清宮鈴奈がカバンにつけているマスコットと同じに作れた。

ミニアルバムに収められた100枚の写真は、どれも清宮鈴奈の写真。

2週間の尾行の成果がここにある。

下校中の写真が多く、仲のいい友人に囲まれ、駅に向かって歩く彼女が写っている。

　学生カバンの持ち手には、いつもパンダのマスコットがぶら下がっていた。

　いかにも手作りというソレは、柊也先輩も同じものを持っている。

　ミニアルバムのページを進め、ある写真をジットリとにらみつけた。

　柊也先輩と彼女の休日のデート写真…。

　ショッピングモールで買い物し、仲良くクレープなんて食べていた。

　この時、柊也先輩のカバンには、おそろいのパンダのマスコットが。

　学校のカバンにはつけていないけど、デートの時だけ、手作りクソパンダをつけていると知った。

　せっかく作ったパンダが、手の中で握りつぶされる。

　首がもげそうになり、慌てて手を開いた。

　怒りの感情を静め、化粧ポーチを取り出した。

　ブラウンのアイシャドーを取り出し、パンダの白い部分をうっすらと汚す。

　清宮鈴奈は通学用カバンにパンダをつけている。

　いつも持ち歩くものだから、少し汚れていた。

　細かなディテールにもこだわる私、我ながらいいできだと思う。

　作り上げたパンダはどこからどう見ても、彼女のパンダ

と同じものになった。
　次に、ベッドに置いてある紙袋を手にした。
　楽器店の名前が入った紙袋、その中から取り出したのは"フルートケースカバー"。
　革製で13000円もした。
　お小遣い２ヶ月分で買った理由は、もちろん排除計画の必須アイテムだから。
　彼女は吹奏楽部のフルート奏者。
　部活の後はフルートを持ち帰り、家でも練習している。
　私が購入したのは、彼女と同じフルートケースカバー。
　フルート自体を買う必要はない。
　はた目にフルートを持っていると見えれば、成功だから。
　チャックを開け、中に新聞紙を詰め込み、形を整えた。
　持ってみるとやはり軽い。
　でもちゃんとフルートが入っているように見えた。
　そのカバーにもパンダ同様、汚れや傷をつけた。
　ズームで写した写真を見て、どこにどんな傷があるのかをチェックしながら…。

　作業は深夜まで続き、翌朝、寝不足気味で登校した。
　授業中にぐっすり眠り、放課後には元気になる。
　柊也先輩に、
《今日もバイトでテニスの応援行けません》
　と簡単なメールを送り、学校を出た。
　向かった先は"白蘭女学院"。

正門前に立ち、私が待つのは由梨。
玄関から出てきた由梨は、私の姿を見て驚く。
「愛美ちゃん？　わざわざ迎えにきてくれたの？」
「うん！　早く由梨に会いたくて！」
「う、うれしいっ！」
　今日の放課後、由梨が私の家に遊びにくる約束をしていた。
　家で待っていればいいのだが、わざわざ迎えにきたのには理由がある。
　由梨が隣に立つ彼女を、私に紹介した。
「愛美ちゃん、こちらが前に話した"清宮鈴奈さん"です！」
　由梨と彼女が一緒に帰るのを知って、ここに来た。
　吹奏楽部は練習日が月、水、金。
　火、木は練習がなく、まっすぐに帰宅する。
　彼女に憧れる由梨は、チャンスとばかりに駅までくっついて帰るのだ。
　今日は清宮鈴奈に会いにきた。
　排除する前に、ひと言くらいあいさつするのが礼儀でしょう。
　会いにきた理由はそんなところ。
　清宮鈴奈にニッコリ笑いかけた。
「初めまして！　由梨からいつもお話聞いていました！　本当にきれいな人ですね。うわ、私も憧れちゃうな」
　きれいだと言われ慣れているのか、彼女は照れずに普通に微笑んだ。
「私も時々あなたの話を聞いているのよ。由梨ちゃんは、

あなたが大好きみたいね」
　うん、知ってる。
　由梨だけじゃなく、あんたのことも知ってる。
　例えば、部活休みの火曜の今日、あんたは帰ってピアノのレッスン。
　父親の車は黒のベンツ。
　兄の車はアルファロメオ。
　２匹の不細工な犬を飼っていて、名前はココアとミルク。
　母親は料理上手で、掃除は苦手。
　家政婦をひとり雇っていて、彼女の名前はマキコさん。
　19時に夕食、21時に入浴。
　予習復習は欠かさず毎日。
　柊也先輩におやすみメールを送り、23時半に就寝。
　立派なお金持ちの家庭、まっすぐ清純に育つお嬢様。
　そのイメージが音を立て崩れたら…。
　柊也先輩は、どんな顔をするだろうネ。

　清宮鈴奈と駅まで一緒に歩き、別の電車に乗り別れた。
　由梨を連れて家に帰る。
　部屋に由梨を入れると、キョロキョロ見回し、ピンクのカーテンに目を留めた。
　中学時代、由梨を一度部屋に入れたことがある。
　家具の配置は変わっていないが、このカーテンは当時なかった。
「大きなカーテンだね。こんなところに窓なんてあった？」

そう言って、由梨はカーテンに手を伸ばす。
「開けるな!!」
　大声で制すと、由梨はビクリと体を震わせた。
「あ…びっくりした？　驚かせてごめんね？　あのね、そのカーテンの向こうには……」
　壁一面に柊也先輩の写真。
　それを見せるわけにいかないので、こんな説明をした。
「ある日突然、壁に変なシミが浮かんできたの…。人の顔形のシミ…。苦しげに何かを叫んでいる顔…」
　由梨はカーテンに伸ばしかけていた手を、慌てて引っ込める。
「お父さんの知り合いに霊媒師(れいばいし)がいてね、ピンクのカーテンで隠しなさいって言われたんだ」
「こ、怖いね…。カーテン1枚で大丈夫なの？」
「うん。今のところ、何も悪いことが起きてないから大丈夫じゃない？　由梨、そのカーテン絶対に開けないでね。開けると…呪われるよ？」
「う、うん。開けない。絶対開けない」
　素直な由梨。
　私の言うことは、何でも信じる由梨。
　こんなチープなオカルト話も、簡単に信じちゃう。
　私に利用されるために、存在しているみたいだね。
　ポッキーを食べながら、とうでもいい話をし、30分後に本題を切り出した。
「由梨、あのね…」

困った表情を作り、言いにくそうに、視線をさ迷わせてみる。
「愛美ちゃん？　どうしたの？　あ、私、もう帰った方がいい？　用事あった？」
「ううん、そうじゃないの。私、由梨に話そうかどうしようか、迷ってることがあって…」
　由梨が不安そうな顔をする。
　私の気に入らないことをしてしまったのではないかと、自分の中に理由を探している表情だ。
　この子は私の顔色をうかがうクセがある。
　中学時代からずっと。
「由梨のことじゃないよ？」
　そう言ってやると、ホッとした顔をする。
　今度は積極的に、私の言いにくい話を聞きたがる。
「悩みごと？　何でも相談して？　私は愛美ちゃんの味方だよ！」
「由梨…ありがとう！」
　そうして私は、由梨につくり話を話し始める。
　由梨が憧れる清宮鈴奈の彼氏、柊也先輩は、女グセが悪い。
　他校の由梨は知らなくて当然だが、うちの高校では有名なタラシである。
　見た目の爽やかさにだまされ集まる女の子を、彼は手当たり次第に食べている。
「こんな話を聞かせてゴメン」
　と言いながら、身を小さくし、すまなそうに話した。

「私の胸にしまって、言わない方が、みんな幸せかなと思ったけど…。今日鈴奈さんと話して、すごく素敵な人だったから…。あんな男にだまされているのが、かわいそうになって…」

由梨の顔が見る見る真っ赤になる。

手が震え、怒りを爆発させる。

「許せない！　鈴奈さんに言ってやる！」

「待って！　それはダメ」

「どうして？」

どうしてと言われたら、清宮鈴奈は本当の柊也先輩を知っているから、すぐに嘘がバレる。

排除計画の当面の登場人物は、私と由梨のふたりだけ。

彼女に登場願うのはまだ先の予定。

由梨に麦茶の入ったコップを渡し、いったん落ち着かせてから嘘を重ねた。

「危険なの…。鈴奈さんから別れを切り出したら、あの男が何をするかわからない」

両腕で体を抱きしめ、恐ろしげに震えて見せた。

「柊也先輩はプライドが高いから、自分を拒む女を許さない。彼のセフレのひとりが、もう会うのヤダと言ったら…殴られたんだって。それだけで終わらず、掲示板で中傷されたり、裸の写真ばらまかれたり…。さらには彼の友達の間で輪姦されて…その子、学校やめちゃった…」

由梨は驚き目を見開く。

現実にそんなことする男がいるのかと、見知らぬ柊也先

輩を恐れている。

　由梨に念を押す。

「鈴奈さんにこのこと言わないでね？　彼の本性を知ったら、きっと別れたいと言うと思う。でも…鈴奈さんから別れを切り出すのは危険だから」

　この排除計画は、清宮鈴奈が柊也先輩をフルのではない。

　先輩が彼女をフルように仕組むのだ。

　その第一段階を、私ではなく由梨が口にした。

「別れたいと言えない…。じゃあ、どうすればいいの？　鈴奈さんが、そんな男にだまされ続けるなんて嫌だよ…。どうすれば…あっ……。鈴奈さんがフラれるようにすればいいのかな…」

　由梨は恐る恐る私を見る。

　悪いことを考えた自分に、私がどんな反応するかが気になるみたいだ。

　すかさず由梨の両手を握り、賛成した。

「それイイ考え！　あの男が、鈴奈さんを嫌いになればいいんだよ！　やっぱり由梨は頭いいなー。白蘭に通うだけあるね！」

「あ、ありがとう。でも、鈴奈さんは完璧だから…。嫌われるのは難しいかも…」

「私にイイ考えがあるの！」

　立ち上がり、ベッドまで歩く。

　ベッドカバーをめくり、隠しておいたグッズを取り出す。

　由梨の前に置いたものは、フルートケースカバーと、パ

ンダのマスコット。
　それと、愛用の一眼レフカメラ。
　由梨が驚いている。
「これ…鈴奈さんの…」
「うん。本物じゃないよ？　レプリカ。"鈴奈さん変身セット"だよ。フフフ」
　絶句する由梨に、ペラペラと計画を説明する。
「由梨って後ろ姿が似てるから、白セーラー服にこのグッズを持てば、完璧彼女に見えると思うんだ。鈴奈さんのフリした由梨が、イケナイことするの。それを私がカメラで写し、柊也先輩に見せれば…。きっとうまく別れ話が出るよ。ね？　イイ考えでしょ？」
　説明しながら、柊也先輩の顔を想像していた。
　清宮鈴奈の醜態に、ショックを受ける彼の顔…。
　自然と笑みが浮かび、
「アハハ」
　と声をあげ笑ってしまう。
　青ざめる由梨が震える声で聞いた。
「愛美ちゃん…その計画…いつから考えてたの？」
　会話の流れのはずなのに、なぜ予め変身グッズを用意しているのか…そんな疑惑の目が向けられた。
　ニッコリ笑い答える。
「由梨とマックで話した時からだよ。それがどうしたの？」
「………」
「由梨もさっき言ったじゃない。"許せない" "鈴奈さんが

フラれるようにすれば"って。私も同じこと考えて、早目に準備していただけ」

　由梨の学校指定のカバンにパンダのマスコットをくくりつけた。

　立つように命令し、手にフルートケースカバーを持たせる。
「ひとつ忘れてた！」

　そう言って取り出したのは、黒ペン。

　震える由梨の首筋、左斜め後ろにホクロを描いた。

　髪を耳にかけうなじを出せば、清宮鈴奈と同じホクロが、イイ感じにチラ見せできる。
「由梨！　後ろ姿がそっくりだよ！　よかったね、憧れの彼女にまた１歩近づけたね！　さ、暗くなってきたし、行こうか？」
「ど、どこに？」
「ハ・ン・カ・ガ・イ」

　夜20時、辺りは薄暗くなっていた。
　由梨を連れ、この街一番の繁華街にやってきた。
　ネオンの明かりがウザイ街。
　すでに酔っ払いのサラリーマンや、店を探しているOL、安居酒屋の店前は、合コン風の学生達が騒いでいた。
　表情の硬い由梨に、笑顔を向ける。
「まずは軽く、ゲーセンに入ってみようか」
　その提案に由梨は怖ず怖ずと反論した。
「あの…うちの学校、ゲームセンター禁止の校則が…」

「だから？　まだわかってないの？　由梨はこれから、イケナイことするんだよ」
「………」
　由梨の後ろ姿を再度チェック。
　クソパンダのマスコットは、ちゃんと学生カバンについている。
　左手にはフルート。
　白蘭女学院の白セーラー服に、清宮鈴奈と同じ髪型。
　大丈夫、後ろ姿はバッチリ彼女だ。
　ゲームセンターに着いた。
　自動ドアから入る、由梨の後ろ姿を写す。
　ゲーム機で遊んでいる写真も数枚撮り、場所を移動した。
　次に来たのはファストフード店。
　店前で男が３人、たむろし騒いでいた。
　年齢は大学生くらいだが、学校に通っているようには見えない。
　働いているようにも見えない。
　ひとりは金髪、ひとりは鼻ピアス、もうひとりは、アシンメトリーな変な髪型。
　パンツが半分見えるほどズボンを下げ、私には理解できないオシャレをしていた。
　逃げ腰の由梨の腕をつかみ、そいつらの前に立つ。
　地べたに座り込む彼らが、こっちを見上げた。
「女子高生ちゃん？　何なに〜、逆ナンしてんの？」
「白蘭のセーラー服！　やり〜お嬢様キター」

「マジ釣れてんじゃん、俺らの魅力、ハンパねぇ」
　どうやらこいつらは、フィッシング中だったみたい。
　逆ナン成功とばかりに、アホ丸出しな喜び方をしている。
　可愛らしく笑いかけ、そいつらにお願いする。
「お兄さん達、超カッコイイ！　一緒に写真撮らせてください！」
　３人は立ち上がり、馴れ馴れしく肩に腕を回してくる。
「写真？　いーよ！　超コーエー！」
「ねーねー、俺らの中で一番イケてんの誰ー？」
「写真もいーけど、どっか行こー？　遊ぼー？」
　最高にウザイ…。
　でも、理想的なチャラ男だネ。
「由梨」
　ひと言かけると、彼女は嫌々、鼻ピアスの腕につかまった。
「もっと腕からめて、肩に頭をもたれる感じで」
　その指示に、由梨はほんの少しだけ、鼻ピアスに体を寄せる。
　もっと甘えた雰囲気が欲しいのに…。
　イライラしながら激を飛ばした。
「由梨！　真面目にやりな！」
　体をビクつかせる由梨。
　慌てて鼻ピアスに腕をからめ、肩に頭をつけた。
　真剣にシャッターを切り続けていると、金髪がヘラヘラ笑って聞く。
「なんで後ろ姿だけー？　顔も写してよ、顔ー」

顔を写せばニセものだとバレるじゃないか。
　金髪の面倒くさい質問に、笑ってこう答えた。
「私達、バックフェチなの。どんなことも"後ろから"が好き」
　見るからに下ネタが好きそうなチャラ男達が、ギャハハと笑いだす。
　笑い転げる隙をつき、由梨の腕をつかんで走りだした。
　もう写真は写した。
　しつこくつきまとわれたら、後が面倒くさい。

　夜22時、撮った画像は30枚を超えていた。
　チャラ男の後も、次々と男達に声をかけた。
　酔っ払いのサラリーマン、他校の男子高校生、ホスト風、自称イケメンの怪しい人etc.…。
　そいつらと由梨の後ろ姿を、きっちりカメラに収めた。
　2時間動き回り、そろそろ疲れてきた。
　お腹も空いたし、どこかで休憩したくなる。
　由梨に言う。
「カラオケ行こう？　個室でゆっくり休みたい」
「うちの高校はカラオケも禁止で…」
　とは、もう言わなかった。
　言ったところで、
「だから？」
　と言われるのが、わかっているから。
　知っているカラオケ店に入った。

第三章 ハイジョ ケイカク

　大手チェーン店と違い、個人経営のこの店、個室が10個しかなくボロイけど、安くて規則がユルイから、学生に人気がある。
　規則がユルイとは、飲食物を持ち込めるということ。
　一応"持ち込み禁止"の貼り紙がされているが、一度も注意されたことはない。
　中学の友達が、彼氏とエッチしてもバレなかったというし、個室の防犯カメラは、あってないようなものなのだ。
　コンビニで買ったお握りとお茶を持ち、個室の古びたソファーにどっかと座った。
「由梨、食べなよ。私のおごり。思ったよりうまく演技してくれたごほうびね」
　由梨の手にお握りをねじり込むが、食べようとしない。
　私だけお腹を満たし終えた時、由梨が震える声で意見した。
「愛美ちゃん…やっぱりよくないよ…。鈴奈さんをおとしめるみたいで…こんなの…」
　おとしめる"みたい"と由梨は言う。
　"みたい"はいらない。
　おとしめているのだから。
「由梨」
　優しく声をかけ、冷たい手を握った。
「鈴奈さんのためなんだよ？　ひどい男と鈴奈さんが別れられなくても、いいと言うの？」
「それは…困るけど…。もっと別の方法で…。例えば、先生に相談するとか…」

先生に相談…。
　　優等生の意見に、おかしくて笑いだした。
　　なぜ私が笑うのか、由梨はわかっていない。
「へぇー、先生に相談すれば、何でも解決すると思うんだ」
　　明るい調子でそう言ってから、急に声のトーンを落とした。
「由梨って…学習能力ゼロ？」
　　薄ら笑う私を見る目は、おびえていた。
「中3のクラス替えで、由梨は何度も担任に相談していたよね。"友達がいない""ひとりぼっちでさみしい""友達の作り方教えてください"…知ってるよ。由梨が悩みを逐一相談する子だって。で？　結果はどう？　あの先生、悩んでる由梨に何かしてくれた？」
「…頑張れって…頑張れば、友達ができるって…」
　　ブハッと吹き出し、大笑いした。
　　どうしよう、ツボに入った。
　　おかしくてたまらない。
　　"頑張れ"。
　　元担任の超テキトーなアドバイスに、お腹が痛くなるほど笑ってしまった。
　　目に涙をにじませひとしきり笑ってから、スッと真顔を作り、由梨に教えてあげた。
「"頑張れ"って言葉はね、"自分でなんとかしろ"って意味なんだよ。あの先生にとって、由梨の友達作りはどうでもいいこと。受験生の担任で超忙しいのに、くだらねぇ相談してくんなって、絶対思ってた」

由梨の顔色がさらに悪くなる。
　食べずに手に持つお握りが、グニャリとつぶれていた。
　私に意見する由梨なんて嫌い。
　容赦なく、傷つく言葉を浴びせる。
　反抗心をへし折ってあげないとネ。
「由梨を助けてあげたのは、私だよ。私のグループに入れて、うれしかったでしょう？　ダサ子のあんたが、可愛いグループに入れたのは、私のお陰。普通はありえないから」
　ひしゃげたお握りが、ポロリ床に転がった。
　それを拾い、包みを開け、海苔をまかずに由梨の口に押しつけた。
「ねぇ由梨、中３時代楽しかったよね…。一緒にお昼を食べて、受験勉強して…。きれいな思い出のまま、しまっておきたいと思わない？　お願い…私の好きな由梨でいて…。タテつく気なら…あの時のきれいな思い出、粉々にくだいてアゲル」
　由梨がガタガタぶるぶる震えだした。
　青ざめ震える口元が、ご飯粒だらけで笑える。
　由梨の反抗心を完全にへし折ったと安心し、隣でゆっくり画像をチェックし始めた。
　ゲーセンでスロットに熱中する"清宮鈴奈"。
　鼻ピアスのチャラ男に甘える"清宮鈴奈"。
　酔っ払いに抱きつかれる"清宮鈴奈"。
　他校男子に肩を抱かれる"清宮鈴奈"。
　どの写真にもパンダとフルートがちらり写り込み、彼女

自身であることに疑う余地がなかった。
　店内に流れるポップソング。
　軽快なメロディを口ずさんでいると、横から由梨の手が伸びてきた。
　慌ててカメラを遠ざけ、由梨を見た。
　さっきまで青ざめ震えていたのに、急に目に力が戻り、カメラを奪おうとしてくる。
「何すんのよ！」
「もう嫌！　愛美ちゃんの友達やめる！　私は私の方法で、鈴奈さんを助ける！　今日のデータ、全部消してよ！」
　まさかの反抗に、少し慌てた。
　完全に心を折ったと思ったが、詰めが甘かったか…。
　由梨につかまらないよう、個室内をぐるぐる逃げ回る。
　右手にカメラ、左手にカバン。
　カメラをカバンに突っ込み、代わりにあるものを取り出した。
　それを由梨に突きつけると…。
　急ブレーキがかかり、足を止めた。
　形成逆転。
　ひるむ由梨とニヤリ笑う私。
「それ…スタンガン…？」
「そう。護身用。声かけた男達に、変なことされたら嫌だから、一応用意していたの。持ってきてよかったー！　男じゃなく由梨に向けるとは、想定外だけどね」
　電源をONにすると、バチバチ音がして、青白い電流が

見えた。
　１歩近づくと、由梨が１歩下がる。
　数歩くり返し、ソファーにぶつかり由梨の足が止まった。
「や…やめて…」
「うん、やめる。友達をね。あんたが敵宣言してくれたお陰で、イイコト思いついちゃった！　決定的な証拠写真を作れそう！　由梨って本当…ツカエルネ」
　由梨のお腹にスタンガンを押し当てると、
「ア…」
　と、うめいて気絶した。
　ソファーに倒れた由梨を、あお向けに寝かせる。
　口から出た泡をティッシュでふき、半目のまぶたをきちんと閉じれば、普通に寝ているみたい。
　由梨をそのままに、個室を出て廊下を歩く。
　10個の個室は満室で、うるさい歌声がもれていた。
　個室のドアの小さな窓をのぞいて歩き…。
　めぼしい男子グループを、３つ先の部屋に見つけた。
　大学生風の男子３人組。
　ビールや焼酎、つまみを持ち込み、盛り上がっている。
　小太りの油ぎった男が、マイクに向け絶叫中。
　もはや歌ではない。
　メロディも歌詞も無視して、
「ヤリテー！　俺のスカイツリーぶち込みテー！！」
　とキモイ欲望を叫んでいた。
　迷わずドアを開け中に入る。

3人の視線がいっせいに私に向いた。
「女子高生ちゃん、どったの？」
「部屋間違い？　でも帰さない。ウヘヘッ」
「ここ、おいで！　一緒に飲もう！」
　酒くさい部屋、テーブルには、大量のビールの空き缶と焼酎の空きびん。3人とも目が赤くヘラヘラ笑って、かなり酔っている。マイクに「ヤリテー」と叫んでいたキモ男に言った。
「ヤラせてあげよっか？　私の友達と」
　男達はすぐに食いつく。
　キモ男は喜び、見た目普通の男は、
「金いくら？」
　と聞いてくる。
　写真が撮れればいい。
　お金はいらない…と言いかけ思い直した。
「13000円、プラス、10000円」
　"13000円"とは、フルートケースカバーの値段。
　排除計画のために買ったアレは、バイトしていない私にとって痛い出費だった。
　"プラス10000円"は由梨の財布に勝手に入れとこう。
　お金をもらってそういうことをする。
　売春は立派な犯罪だヨ。
　3人合わせて23000円をもらい、男達を連れ個室に戻る。
　あお向けに寝ている由梨を見て、3人は興奮した。
「白蘭のセーラー服！」

「寝たふり？　誘ってんの？　やる気満々じゃん!?」
「すげー、マジで生女子高生だよ」

　由梨に群がる男達。
　セーラー服が半脱ぎ状態になったところで、写真を撮る。
　いい画だね…。
　首筋に描いたホクロもしっかり写っている。
　テーブルに由梨の荷物を置き、クソパンダとフルートを、画像の端に写り込ませるのも忘れない。
　立て続けにシャッターを切り、画像をチェックした。
　その完璧さに、ほくそ笑む。
　役目を終えた一眼レフカメラをカバンにしまい、ポケットからスマホを出す。
　スマホカメラでも、１枚パシャリ。
　その画像だけは、由梨の顔がハッキリ写っている。
　男達と"イケナイこと"しちゃった由梨。
　後で由梨に送信してあげよう。
《余計なコトしたら…バラまくヨ…》
　そう言葉を添えて。
　仕事を終え帰ろうとすると、キモ男が鼻息荒くして、私を誘う。
「帰さないよー。君も一緒に、楽しいコトしよー？」
　調子にのったソイツは、私の肩を抱き寄せ、胸に手を伸ばしてくる。
　慌てずニッコリ笑い、キモ男に言った。
「私、性病持ちだよ」

胸に触れようとした手が、ピタリと止まる。
「トリコモナス、クラミジア、ヘルペス。3つも引っかかっちゃった。かゆいし膿が出て最悪だよ？　移ってもいいなら、私もヤルけど？」
　胸に触れようとした手も、肩に回された腕も離れていく。
　汚いものを見るような目つき…。
　私はきれいだよ。
　まだ処女だし、柊也先輩以外の男に体を触らせない。
　排除アイテムと自分のカバンを持ち、個室を出た。
　早く帰ろう。
　今夜も忙しい。
　何十枚もの画像をプリントしないとネ。

　翌日早朝。
　2時間の睡眠でも眠気はない。
　楽しくてウキウキして、目覚ましが鳴る前に目覚めてしまった。
　Tシャツ、ショートパンツ姿で外に出て、大きく伸び上がる。
　新鮮な朝日とすがすがしい空気。
　ああ、なんて気持ちいい朝なのだろう。
　自転車を走らせる。
　車通りは少なく、人通りもほぼない。
　見かけたのは新聞配達のおじさんくらいだ。
　15分のサイクリングを楽しみ、2階建て普通の一軒家で

自転車を止めた。

　ここは柊也先輩の自宅。

　ブルーのカーテンが閉まる２階の窓、あの部屋で彼はまだ夢の中。

　白い封筒をバッグから取り出した。

　宛名面には彼の名前を印字。

　差出人名はもちろん書かない。

　中には厳選した５枚の写真が入っている。

　昨日写した画像数は50を超えていたが、それを全部送ると嘘くさくなる。

　大量の写真に、なぜ１枚も顔が写っていないのかと、逆に不信に思われる。

　だから５枚に絞った。

　これ以上でも以下でもいけない。

　封筒を郵便受けに入れようとした時、

「どなた？」

　と後ろから声がした。

　驚いてふり返ると、白いジョギングウェアを着た中年女性が…この人は柊也先輩の母親だ。

　しまったとあせる。

　慌てて白い封筒を背中に隠した。

　母親は何かをカン違いし、

「ウフフ」

　と笑った。

「柊也のファンの女の子かな？　たまに手紙やプレゼント

を持ってくる子がいるけど、こんな早朝は初めてね。恥ずかしかったのかな？　フフッ、大丈夫よ。その手紙、おばさんから柊也に渡してあげる」
　楽しそうに笑う母親は、あせる私の手から手紙を抜き取った。
　うつむいてなるべく顔を記憶に残さないよう努めながら、ペコリとお辞儀し、自転車で立ち去った。
　自転車を数分走らせると、落ち着きを取り戻した。
　名前を聞かれた訳じゃない。
　声を聞かれてもいない。
　顔は…少し見られたけど、数日経てば忘れてしまうだろう。
　あの封筒は、これから起きてくる柊也先輩に渡される。
「知らない女の子が、ファンレター置いていったよ」
　母親から伝わる情報はたぶんそれだけ。
　大丈夫。
　排除計画に大きな狂いはない。

　写真を渡した日から３日間、柊也先輩は学校を休んだ。
　その間の彼の動向は追っていないが、清宮鈴奈と激しいケンカをしたはず。
　かなりの衝撃を受け、愛しかった彼女を憎むようになったはず。
　柊也先輩のいないテニスコートはつまらないので、一度白蘭女学院をのぞきにいってみた。
　放課後、暗い表情で校門を出る彼女を見た。

いつもくっついていた由梨の姿はない。
カバンにつけていたクソパンダもない。
あのパンダ、捨てたのかな…。
私は取ってあるよ。
フルートケースカバーは捨てたけど、クソパンダは思い出として、机の引き出しにしまってある。

柊也先輩に会えない３日間が過ぎ、そのまま夏休みに入った。
日焼け止めを厚塗りし、強い日差しの中、学校へ行った。
このまま部活にも出ない気かと心配したが、彼はテニスコートにいた。
久しぶりに見るテニス姿に胸がときめく。
やっぱり柊也先輩は、誰よりも素敵。
でも…。
雰囲気が以前と違った。
疲れたような顔。
目に力がなく、ぼんやりとしている。
この夏、３年生が引退し、柊也先輩がテニス部キャプテンになった。
その彼が腑抜けたプレーをし、ミスを連発している。
仲間のひとりが彼の胸ぐらをつかみ、激を飛ばした。
「柊也っ！　てめぇ、別れた女のこと、部活にまで引きずるんじゃねぇよ！　部長がそんなんじゃ、１年に示しがつかねぇだろ！」

「悪い…」
「チッ…。今日の練習は俺が仕切る。そのままだとお前、次の大会、メンバーからはずされんぞ」
「わかってる…。悪い、少し抜ける。頭冷やしてくる」

　コートから出てきた彼に、空気を読めない女子達がキャアキャア寄っていく。

　いつもの彼は、ファンに優しい。

　声援には笑顔で手を振り、話しかけられたらひと言ふた言会話する。

　そんな彼が、まとわりつくファンの女子に、冷たい視線を向けていた。

　にらむような目つき…。

　さげすむ視線…。

　キャアキャア言ってた女子達も、彼の異変にやっと気づき、騒ぐのをやめた。

　ファンを無視して彼が足早に向かうのは、水飲み場。

　全開にひねった蛇口に頭を突っ込み、先ほど言った通り、頭を冷やしていた。

　ゆっくりと近づく。

　彼はまだ私に気づかない。

　ずぶ濡れの髪で顔を上げた時、サッとスポーツタオルを差し出した。
「…愛美ちゃん…」

　名前を呼んでくれた。

　でも、タオルは受け取ってくれない。

ファンの子に向けた冷たい視線を私にも向け、雫がたれる髪のまま背を向けられた。
　そっちの方向に行っちゃったのか…と思っていた。
　鈴奈と別れ、すぐに私を受け入れると思ったが、傷はもっと深いみたい。
　女性不信…。
　彼の気持ちをひと言で表すと、そんなところだろう。
　濡れた髪に強引にタオルをかけ、正面に回り込んだ。
「先輩…どうしたんですか？　いつもと感じが違いますね…」
　心配そうに見つめる私。
　彼は逃げるように目をそらした。
「柊也先輩…？」
「…彼女と別れたんだ…。嫌な別れ方をした…。俺…女がわかんない…。今は女と口をききたくない」
　別れを思い出したようで、ひどく嫌そうに顔をゆがめる。
「彼女さんと…そうでしたか…」
　同情の表情を見せ、それから怖ず怖ずと聞く。
「あの…私とも話すのは嫌ですか…？」
　数秒黙り、彼は言った。
「悪いけどさ、俺のことはあきらめて。純情そうな女ほど、陰で何やってんのか…。どうせ君もそんな感じだろ？　愛美ちゃんは可愛いもんな。よく男に声かけられるだろ？　純粋なフリして、ヤリまくってんじゃないの？」
　冷たい視線、ひどい言葉。
　私を傷つけ、遠ざけようとしている。

純粋で純情な子なら、泣いてあきらめるところだろう。
　でも私はそうじゃない。
　拒絶する視線にゾクゾクし、このピンチをどう反転させようかとワクワクしている。
「もう俺にかまうな…」
　そう言いかけた言葉を無視して、柊也先輩の手首を強く握った。
　手を引っ張り校舎に駆け込み、強引に連れ込んだのは"生物化学室"。
　前に穴場だと教えてくれた場所だ。
　死骸の標本がズラリと並び、相変わらず陰気くさい。
　窓が閉まっていても、ひんやりと涼しく、静かだ。
　２ｍの距離を開け、向かい合わせに立つ。
　タオルで頭をふく彼は、
「何だよ…」
　冷たい声で問いかけた。
　うつむき、数秒無言の間を作る。
　それから決心したように顔を上げ、制服のリボンを解いた。
　ブラウスのボタンをはずし、スカートを脱ぎ、下着姿になる。
　彼は驚き、上ずった声で聞く。
「愛美ちゃん…何やって…」
　下着姿の私は恥ずかしそうに胸元を隠し、小さく震えて見せる。
　そして、彼を悪人にした。

「ひどいです…彼女さんは陰で遊んでいたかもしれないけど…私まで同じように思うなんて…。私…処女ですよ…。好きな人以外に、体を触らせたりしない…疑われて避けられるなんて…そんなの嫌です…。確かめてください。今、先輩の体で確かめてください。私が処女かどうか…確かめてください…」

　ふるふると震える腕を、胸元から背中に回す。
　ブラジャーのホックに指をかけ、涙を一筋流して見せた。
　かわいそうな私…。
　好きな人に純潔を疑われ、身の潔白を証明するため、体を差し出すなんて…。
　か弱い女子高生にこんな行動をさせる先輩は…。
　ヒドイ男だネ…。
　背中のホックをプツンとはずした時、駆け寄る先輩に強く抱きしめられた。
　裸の背中に、彼の手のひらが触れる。
　白いTシャツの胸元に顔を押しつけられ、爽やかな汗の匂いとシトラスの香りを嗅いだ。
　ほおと首筋に、濡れた髪の雫を感じる。
「先輩…確かめてください…」
　もう一度言うと、彼は謝った。
「もういい…。ごめん…本当にごめんな…。愛美ちゃんは鈴奈と違う。信じるよ、君のこと。俺を本気で好きでいてくれるのは、君だけだ。愛美ちゃん…。俺と付き合ってほしい」

腕の中でニヤリと笑いうなずいた。
　顔を上げると、愛しそうに見つめる彼のきれいな瞳があった。
「好きだよ…」
　耳元でささやかれ、唇が重なった。
　今流している涙は、ニセモノではない。
　今までの努力をふり返り、達成感を味わい、うれしくて自然と涙が溢れてくるのだ。
　帰ったら、さっそく掲示板に書き込もう。

───────────────

　100:クロアイ　7/21 18:01
　ついに憧れの人をゲット！
　みんな応援ありがとう♪
　大好きな彼、
　もう死んでも　ハナサナイ…

───────────────

第四章
ブタガエサ

新学期初日。
　9月はまだまだ暑い。
　下敷きでパタパタあおぎ、ヌルイ風を浴びながら、菜緒とホームルーム前の雑談を楽しむ。
「愛美はスゴイわー。普通は彼女持ちとわかった時点で、あきらめるよね」
「あきらめるのが普通？　理解できない。私なら余計に頑張ろうとするけど」
「あんたのすごいところはソコだよね。何があってもヘコタレない。心臓に毛が100本生えてるんじゃない？」
「え？　その表現キモイ。想像しちゃうじゃん」
　菜緒には、夏休みに電話で報告済みだった。
　柊也先輩に付き合ってほしいと言われたことを説明すると、菜緒は驚き、スマホの向こうで大きな音を立てた。
　コーラ入りグラスを床に落として割るくらい、予想外の報告だったらしい。
　その後、どうやって彼を落としたのかしきりに聞いてきたが、さすがに本当のことは言えない。
　テニスの応援を頑張っていただけ。
　彼女より私の方が可愛く見えたんじゃない？
　そんな説明をしておいた。
　彼との夏休みのデートについて、菜緒に話す。
　テニスの練習後にドーナツを食べにいって…。
　プラネタリウムに行って…。
　どれも楽しい思い出だが、話していて"つまらない"と

感じた。
　"私の輝く夏"。
　その聴衆が、菜緒ひとりということがつまらない。
　朝のクラスは騒がしく、それぞれのグループで、夏休みの思い出話に盛り上がっている。
　大きな話し声に、ケタケタと笑う声。
　それらの声にかき消されないよう、声を張り上げた。
「菜緒！　私ね、今が最高に幸せだよ！　アノ柊也先輩と付き合ってるんだよ？　柊也先輩の彼女が私なんだよ？　うれしいなー‼」
　至近距離の大声に押され、菜緒は、
「わっ！」
とのけ反った。
　知っている事実を、なぜ声を大に宣言するのか。
　そう言いたげに驚いていた。
　菜緒に向けて言ったけど、聞かせたかったのは別の人達。
　"柊也先輩の彼女は私"。
　もくろみ通りその言葉は、アノ子達にも届いたみたい。
　教室の対角にいる、女子グループ５人の集団が私を見ていた。
　５人とも柊也先輩のファン。
　でも４人は軽いノリで、夏休みまでテニスコートに来たりはしない。
　真剣に追っかけしているのは、この中でひとりだけ。
　私同様、夏休みのテニスコートで毎日姿を見た。

彼女の名前は、ブタ山…じゃなかった"双山春香(ふたやまはるか)"
　色白ポッチャリ体型で、ややたれ目のおっとりフェイス。
　よく言えば"癒し系"。
　悪く言えば"白い子ブタ"。
　ブタ子をライバル視しないけど、なんとなく気になっていた。
　アノ子…。
　私と同じニオイがスル…。
　ブタ子を視界の隅にとらえながら、菜緒に突っ込まれていた。
「大声で言わなくても知ってるって。耳キーンてなったよ」
「あ、ゴメーン。ついうれしくて、叫びたくなって…」
　見てる…。
　机7つ先から、ジットリねたむ視線を感じる。
　悔しいだろうね。
　柊也先輩が彼女と別れたと知り、喜んだとたんに私が現れた。
　天国から地獄へ。
　フフッ。歯ぎしりの音が聞こえてきそう。
　自慢の長い黒髪にクシを通しながら、するどい視線の発信源をチラリ見た。
　ブタ子と3秒視線を合わせ、向こうが先にそらした。
　私の勝ち。
　"勝者と敗者"。
　ふたりの間に黒線が見える。

優越感って…。
こんなにもキモチイイ…。

　昼休みになった。
　柊也先輩が私のクラスに迎えにきてくれた。
「愛美！」
　ドア前で名前を呼ばれ、お弁当を手に急いで彼に駆け寄る。
　もう"ちゃん"づけでは呼ばれない。
　私達の仲はどんどん深くなる。
　ブタ子をはじめ、数人の女子の視線が、背中に刺さる。
　いいね、このチクチク感…。
　最高にキモチイイ…。
　向かった先は"生物化学室"。
　ここはすっかりふたりの秘密基地みたいになっていた。
　誰も来ない。
　涼しくて静か。
　イチャイチャするふたりを見ているのは、人体模型のミツオ君と、ホルマリン浸けのカエルだけ。
　床に座り、楽しくお弁当を食べる。
　その後は甘い時間。
　柊也先輩が私をひざの上にのせる。
　両足をまたいで座り、向かい合う。
　彼の手が腰に回され、引き寄せられた。
　耳元に艶のある声が響く。
「今日は、愛美からキスが欲しい…」

ドキドキしながら唇を近づけた。
　　軽く触れ、それからゆっくりと深めていく。
　　キスの甘さに酔いしれ、上気した顔で唇を離した時、
　　彼は意地悪を言った。
「マ・ナ・ミ・ちゃん？　ずいぶんキスが上手になったね。どこで覚えてきたの？」
　　不貞を疑われている訳じゃない。
　　ニヤニヤして、彼はとても楽しそう。
「もうっ！　全部、柊也先輩が教えてくれたのに！　わかってるクセに、意地悪言って…」
　　ほっぺたをふくらませて見せると、彼は声をあげて笑う。
　　私のほおを愛しそうになでる指先、その手が黒髪をすべり、背中を下降する。
　　ブラウスのすそから侵入し、背中の素肌をなで始めた。
「あ…。先輩…」
　　とまどいがちに見つめる。
　　いつもの優しい瞳は艶を帯び、色香を放っていた。
「愛美…好きだよ…。あのさ…今度の日曜、うちに来ない？ 部活は昼で終わるから」
「あの…それって…」
「うん、そういう誘い。その日、家族はみんな外出予定。…嫌？」
　　付き合って１ヶ月ちょっと。
　　チマタでは、あまり早く体を許すと、飽きられるのも早いと聞く。

それがチラリと頭をかすめたが、結局はうなずいていた。
「行きます…。初めてだから…少し怖いけど…」
　不安そうにする私を、彼は強く抱きしめる。
　胸に顔を埋めると、いつものシトラスの香りがした。
　耳に優しい声が響く。
「大丈夫、優しくする。俺にまかせて」
「はい…」
　付き合って1ヶ月ちょっとで体を許すと決めたのは、自信があったから。
　私達は運命の恋人同士。
　愛が深まることがあっても、薄れることはない。
　飽きられるなんて、ありえない。

　日曜日、いよいよ柊也先輩の家に行く日。
　午前中のテニス部の練習を、今日は見にいかなかった。
　見ているだけとはいえ、屋外。
　強い日差しに汗をかいてしまう。
　今日だけは、シャワーを浴びたてのきれいな体で会いたい。
　12時ちょうどに、柊也先輩からメールが入る。
　今、テニス部の練習が終わったらしい。
　数回メールをやり取りし、待ち合わせ場所を決めた。
　彼の自宅は知っている。
　片思い中に何度も通い、隠し撮りしたし、ひと月ほど前には元カノの写真をポスティングしようとしたこともある。
　でもそれは秘密。

家がわからないと嘘を言い、近くのコンビニで待ち合わせることにした。

　13時、バスに乗り、待ち合わせ場所へ。
　可愛い３段フリルの、黒いミニスカート。
　甘めの淡いピンクのブラウス。
　手土産は有名店のバウムクーヘン。
　完璧でしょう。
　コンビニに着く。
　柊也先輩は雑誌を立ち読みしながら待っていた。
　ガラス窓をコンコン叩くと、私に気づき、急いで外に出てきた。
　いつものデートは部活後の制服姿だから、私服を見せるのはこれが初めて。
　彼はほおをほんのりピンクに染めていた。
「ヤバイ…。その服、めっちゃ俺好み。スゲー可愛い」
　お世辞じゃないのはわかっている。
　先輩の好みはリサーチ済み。
　元カノとのショッピングを尾行した時、甘めの服をすすめていたと記憶している。
　彼は私の荷物を持ち、すぐに手を繋いできた。
　フフッ。
　こんなに可愛い子が自分の彼女なんだと、周囲に主張しているみたい。
　コンビニから歩くこと３分で、柊也先輩の家に着く。

２階建て中古一軒家。

　狭い庭と低い塀、どこにでもある普通の住宅だ。

　すでに見慣れた彼の家に、感想を言った。

「わぁ！　ここが先輩の家ですか！　先輩って、王子様みたいだから、お城に住んでいたらどうしようと思っていました。普通でよかった！」

　それを聞いて彼が笑う。

「アハハッ。お城じゃなくて悪かったよ。俺の親、共働きのサラリーマンだから、これが精一杯」

「うちも同じですよ？　庶民中の庶民です。お金持ちじゃないけど、一生懸命働いてくれるから、私は両親を尊敬しています」

　目の前の"ど庶民的面白みのない家屋"を見ながら、そう言って微笑んだ。

　柊也先輩に頭をなでられる。

「愛美は、本当にイイ子だよな…。心が白くてきれいだ。誰かさんと大違い…」

　"誰かさん"とは元カノだろう。

　わかっているが突っ込まない。

　せっかくの甘い初体験記念日に、元カノの話題を口にしたくない。

「誰もいないから、気楽に入って」

　そう言われ、家に上がった。

　開いている廊下の窓から、涼しい風が吹き込んでいる。

　どこかの家のピアノの音もかすかに聴こえてきた。

２階へ上がり、柊也先輩の部屋に通される。
　カーテン、ベッドカバー、ラグが、青で統一されたシンプルな部屋。
　家具は机、ベッド、本棚のみ。
　壁に外国人テニスプレーヤーのポスターが１枚貼られ、
　本棚にも、テニス関連の書籍や雑誌が多く見られる。
「柊也先輩、きれい好きですね…」
　部屋を見回し感想を言う。
　彼は照れながら、東側の壁を埋める、クローゼットを指差した。
「いつもはもう少し散らかってる。今日は愛美が来るから、ゴチャゴチャしたものを押し込んだ。見ないでよ？　恥ずかしいから」
　顔を見合わせて笑い、ベッドに並んで座った。
　ペットボトルのお茶を飲み、私のお土産のバウムクーヘンを食べた。
　他愛ない話をし、笑っていたが、ふと無言の間ができ、彼が手を握ってきた。
　きれいな顔が近づき、軽くキスをする。
　いよいよかと緊張したが、彼は私から離れ、スッと立ち上がる。
「俺、シャワー入ってくる。部活で汗かいたからさ。……愛美も一緒に入る？」
「えっ!?　恥ずかしいです…。それに、朝と家出る前と、２回もシャワーしたので……」

まっ赤な顔で答えると、彼は笑って頭をポンポンしてくれた。
「すぐ戻るから待っていて。…帰らないでよ？」
　その言葉で、一緒にシャワーに入ろうと誘われた意味を理解した。
　怖くなって、逃げ帰る心配をしていたみたい。
　今日は覚悟を決めてきた。
　一度決めたことは貫く性格。
　そんな心配は必要ない。
「待っています」
　笑顔で答えると、彼は安心して着替えを手に、部屋を出ていった。
　耳を澄ませる。
　階段下から、バスルームのドアが閉まる音がした。
　確かにシャワー中なのを確認し、クローゼットの前に立つ。
　"見ないでよ"と言われたクローゼット。
　そう言われると見たくなる。
　散らかったものを押し込んだだけならいいが、ほかに見られたくないものがあるのではないか…。
　そんな風に怪しんでしまう。
　クローゼットの扉を全開にする。
　ハンガーに吊された洋服の下は、彼が言うようにゴチャゴチャと小物が押し込まれていた。
　ゲーム機、マンガ本、筋トレグッズ、エロDVD…。
　エロDVDで引いたりしない。

健全な男子高校生なら、普通だと私は思う。

それはどうでもいいが、気になるのはこの箱。

ゲーム機の下になっていた白い箱を引っ張り出した。

ミカン箱くらいの大きさのフタつきの厚紙の箱。

フタが開かないよう、ガムテープでしっかり封印されているのが気になった。

白い箱の前で数秒考えた。

見たいけど、ガムテープをはがせば跡が残る。

開けたことにすぐ気づかれてしまう。

机の上をチラリ見る。

ペン立てにカッターを見つけた。

カッターを手に取り、チキチキと刃を出し箱に近づく。

箱をゴロンと転がし、底を上に向けた。

白くなめらかな厚紙の上に、躊躇なくカッターの刃を突き立てた。

ブスッ…ズズズズ…。

コの字に切り開き、カッターを置く。

底を開け、中身を引っ張り出すと…。

服が数着、写真、アクセサリー、スポーツタオル、清宮鈴奈とおそろいのパンダのマスコット……。

予想通りだ。

この箱の中身は、元カノ思い出グッズ。

憎めるように仕組んだのに、なんで取って置くのか…。

その気持ちがわからず首をひねった。

嫌な気分で元カノグッズを箱に詰め直し、切り開いた部

分を元に戻す。

　近くにあったガムテープを用い、切った部分をくっつけた。
　箱を裏返せば、誰かが中を見たと気づくだろう。
　でも、大丈夫。
　大抵の人間はそんなことをしない。
　フタが開けられた形跡がなければ、問題があることに気づかない。
　ひっくり返して確認する必要を感じないものだ。
　柊也先輩が箱の異変に気づくのは、きっとかなり先のこと。
　犯人を特定できず、あやふやになっておしまいだろう。
　すべてを元通りにしまい、少しして、柊也先輩が戻ってきた。
　ベッドに座り、本棚にあった適当なテニス雑誌を見ている私。
　逃げ帰らず部屋にいることに、彼はホッとした表情を見せた。
　隣に座り、私の手元を見て彼が言う。
「ラファエル・ナダル知ってるの？　この人のプレーはすごいよな。真面目で実直なプレーをするのに、パワーも半端ない。この人、俺の目標だよ。ナダルはさ、———」
　テニス雑誌の適当なページを開いていただけなのに、興味津々に読んでいたとカン違いされた。
　柊也先輩は雑誌を指差し、熱くテニス論を語りだす。
　はっきり言って、先輩以外のテニスプレーヤーはどうでもいい。

世界ランキング１位でも、王者と呼ばれていても、１mmの興味もない。
　それでも笑顔を作り、
「そうなんですか！」
「すごいですね！」
と相づちを打つのは、彼が好きだから。
　ひとしきりテニスを語り、満足した先輩は、私を抱き寄せた。
「愛美って、超可愛い。俺のテニス論、長くて熱いから、うざがられるんだ。でも愛美は違うんだね。"もうわかったから、テニス以外の話にして"って、鈴奈によく言われ……あ…悪い…」
　本当に悪い。
　どうしてこんな時に、元カノの名前を口にするのだろう。
　さっきの思い出グッズといい、まだ心残りを感じる。
　私のやり方が甘かったのか…。
　やっぱり由梨を代用するより、直接鈴奈に手をかけた方がよかったかも。
　ひとり反省し、次に機会があれば、徹底的に汚してあげようと考えていた。
　急に無口になった私に彼が慌てる。
「ごめん、そんな顔するなよ…。今俺が好きなのは、愛美だけ。本当にゴメン、二度と元カノの名前を出さないから…」
　謝られて気分がよくなる。
　機嫌を取ろうと必死な先輩に、"悦"を感じた。

石鹸の香りがする胸元にしがみつく。
　彼のTシャツをギュッとつかみ、こう聞いた。
「元カノさんより、私の方が好きですか？」
「もちろん」
「先輩のたくさんのファンの子より、私が好きですか？」
「愛美が一番好き」
　その言葉で、パッと顔を上げ笑顔を見せた。
「私も柊也先輩が大好きです！　元カノさんの名前を出しても許しちゃいます！」
　そのとたん、ベッドに押し倒され、唇が重なった。
　私より速い鼓動が聞こえてきそう…。
　私の笑顔に言葉に、イチイチ気持ちを高ぶらせる彼…。
　もっと夢中になれ…。
　私以外、どうでもいいと思えるくらいに…。
　"究極の愛"。
　ふたりでそこに、タドリツキタイ…。

　柊也先輩の腕枕で、ベッドに横になっている。
　黒髪をすきながら、
「痛かった？」
　と彼が聞く。
　恥ずかしそうに目線をそらし、答えた。
「痛かったけど…すごく幸せでした。柊也先輩の彼女なんだなぁ…って実感できて、うれしかった」
　うれしくて幸せだったのは、本当の気持ち。

それプラス、黒い快感も味わった。
　目を閉じ、あえぎながら思い浮かべたのは、女子達の顔。
　元テニス部マネージャーの"中沢亜子"。
　元友達の"由梨"。
　元カノジョの"清宮鈴奈"。
　テニスコートのフェンスを取りまく、ファンの女子達と、"ブタ子こと双山春香"の顔も頭に浮かんだ。
　頭の中の彼女達は、みんな悔しそうににらんでいて、先輩の感触より、それが極上の快感だった。
　エアコンが冷風を吐き出す中、触れ合う体温が気持ちいい。
　彼は優しくほおをなでる。
「疲れたなら、眠っていいよ。夕方起こすから」
　そう言われ、幸せ気分の中、ウトウトまどろみかけた時、ドアの向こうからガタガタと音が聞こえた。
　続いて１階から、
「柊也いるのー？　ただいまー」
　女性の声がする。
　柊也先輩が飛び起きた。
「ヤバッ！　母さん、帰ってきた！　帰りは夕方って言ったのに、チッ、早ぇな。悪い、早く服着て。俺、下行って時間かせいでくるから」
　トントンと階段を上る足音が聞こえる。
　柊也先輩は手早く服を着て、部屋を出ていった。
　ドアの向こうに話し声を聞きながら、私も急いで服を着る。
　乱れたベッドを直し、避妊具の箱を枕の下に押し込んだ。

髪を整えベッドに座ると、ノックの音がする。
「愛美、入るよ？」
「はーい、どうぞ」
 自分の部屋をノックする彼は変。
 それに、
「どうぞ」
 と答える私も変。
 母親が深読みする人なら、何をしていたのかバレていることだろう。
 ドアが開けられた。
 先輩の後ろには、母親の姿。
 急いで立ち上がり、ペコリとお辞儀をした。
「お邪魔しています！　黒田愛美です！　柊也先輩の……えっと…」
「俺の彼女。これからたまに家に来るから、顔覚えといて」
 ぶっきらぼうな紹介の仕方。
 母親の前だと、そうなる年頃なんだね。
 出かけ先から帰ったばかりの母親は、きれいにメイクをし、趣味のいいタイトな紺色ワンピースを着ていた。
 元カノの写真をポスティングに来た時、彼女に会っているが、ジョギングウェア姿のあの日と、かなり印象が違った。
 母親はフフッと笑い、私の第一印象を語る。
「可愛い子ねー。黒髪が長くて、艶々してきれい……あら？あなた…どこかで見たような…。前に会ったことないかしら？」

顔には出さないが、内心ギクリとしていた。

ポスティングに来たのは1ヶ月ちょっと前。

チラリとしか顔を見られていないし、声も聞かせていない。

記憶に残らないと高をくくっていたが…。

自慢の黒髪が印象を残してしまったみたい。

母親は少し考え、パチンと手を叩く。

「そうそう、思い出した！ 夏休み前に、ファンレター持ってきた女の子じゃない？ 早朝に来て、恥ずかしそうにうつむいて。ほら、柊也に白いシンプルな封筒渡したでしょう？ あんた、調子悪いと言って、その日から3日間ズル休みしたのよね」

頭の中に警笛が鳴り響く。

ヤバイ…。

清宮鈴奈の"イケナイ写真"を送ったのが、私だとバレそう…。

それがバレたら、何もかも台なしだ。

写真の偽造も疑われるかもしれない。

苦労してつかんだ彼女の座。

そこから転落する自分を、想像してしまった。

封筒の中身を知らない母親は、にこやかに私に問いかける。

一方柊也先輩は、眉間にシワを寄せ、疑心の目を向けてきた。

ここは…。

とぼけるしかない。

シラを切り通すと決め、首を傾げ、怖ず怖ずと言った。

「あの…お話がわからないのですが…。そのファンレターを持ってきた子、私じゃないです。髪型が同じですか？ 黒髪ロングは、アイドルの影響で、流行っているから…」
「あなたじゃないの？ あらら、おばさん余計なこと言っちゃったね？」

　苦笑いする母親。

　柊也先輩は、すぐに眉間の厳しさを解いた。

　ホッとした顔の後は、元通りの優しい目で私を見ている。

　安心する彼の顔を、真顔でジッと見つめた。

「何？」
「先輩、家にファンレター持ってくる子がいるんですね。それって、もしかして、日常的なことですか？」

　とたんに先輩の目が泳ぎだす。

　つられて母親まであせっていた。

「柊也セ・ン・パ・イ？」
「そ、そんなことないよ。たまーに、ものすごくたまーに、もらうだけ。なっ、母さん？ あの白い封筒の後、今日まで一度もないよな？」
「そうそう、ないない。アレだけ。一度だけ」

　ごまかす親子を見て、安堵していた。

　私の疑惑はすっかり消えた。

　形勢逆転。

　望みのないファンレターに妬いたりしないが、話が元に戻らないよう、少しだけ追及させてもらった。

　その後リビングに呼ばれ、３人で食卓テーブルに向かい

話をした。
　聞かれたことには笑顔でハキハキ答え、あとは聞き役に徹する。
　控え目で明るく、笑顔が可愛い女の子。
　そんな印象を与えるために頑張った。
　この人は将来"お義母さん"と呼ぶべき人だから、気に入られておかないと。
　夕方、彼の家を出る時、母親にこう言われた。
「愛美ちゃんってイイ子ね。うちの愚息にもったいない。ぜひ、また遊びにきてね」
　母親の審査は無事クリア。
　必要な人間には好印象を与えることができる。
　それも私の特技のひとつ。
　帰り道、街は茜色に包まれていた。
　長く伸びる影、オレンジ色に染まる建物。
　夕焼け空を仰ぎ見て、ひとりほくそ笑む。
　カレは私の手のひらの上。
　面白いほど、順調だネ…。

付き合い始めて３ヶ月。
　大きなケンカもなく、柊也先輩とは仲良くしている。
　ただ…。
　少し気になることがあった。
　休日は彼の部屋に呼ばれ、愛し合っているが、それ以外のデートの時間が減っている気がする。

一緒に歩く帰り道、マックやドーナツ屋に寄るのが楽しみなのに、最近は、
「気分じゃない」
　と、寄り道してくれない。
　ふたりきりのお昼休みも、大切な時間なのに、
「今日は男友達と食うから」
　と、週に２回はひとりにされる。
　おかしい…。
　私のスケジュールに、こんな予定は書かれていない。
　１分１秒も離れたくないほど、私に夢中な頃なのに…。

　11月、枯れ葉舞い散る季節。
　放課後はコートを羽織り、いつものようにテニスコートに向かっていた。
　フェンスを囲むのは、相変わらずうっとうしいファンの女子達。
　白ジャージの集団が現れると、キャーキャーと黄色い歓声が沸く。
　ファンは心底うっとうしいが、優越感に浸れるのは楽しくもある。
　練習前の気を引きしめる時間も、彼女の特権として、彼の名を呼び駆け寄っていく。
「柊也先輩！　今日も頑張ってください！」
「ん、ありがと」
「先輩、部活終わりにマック寄りませんか？　菜緒にクー

ポンもらって…」
　ポケットから、"ポテトＬサイズ100円"のクーポンを取り出し見せた。
　すると、こう言われてしまった。
「あ、ゴメン、帰りは友達の家に寄る約束してさ」
「また…友達と約束ですか…」
　最近、やたらと友達付き合いを大事にする。
　うつむいてむくれる私。
　そうしたら慌てるかと思いきや、頭上から聞こえたのはため息だった。
「愛美、最近寒くなってきたし、これからは練習見にこなくていいよ。俺は動くから暑いけど、愛美は寒いだろ？　風邪引かせたくない」
　優しい言葉で、テニスの応援を拒否される。
　風邪引かせたくない？
　違う、そんな理由じゃないと思う。
　まさか…。
　嫌な予感がした。
　私に飽きた？
　それとも、ほかに女が？
　考え込む私の頭をポンポンし、
「今日は待っていても一緒に帰れない。愛美はもう帰りな」
　とうながされた。

　コートに入っていく柊也先輩。

外に残された私。
　ジットリと見つめながら立ちつくしていると、ブタ子が笑顔で寄ってきた。
「黒田さん、柊也先輩とケンカしたの？　破局？」
「ぶ…双山さん…。違うよ。今日は一緒に帰れないと言われただけ。明日は一緒に帰る」
「ふーん…。明日も拒否られたりして。なーんてね！　アハハッ」
　にらみつけると、
「キャー怖ーい」
　と言って、ブタ子は笑いながら友達のもとに駆けていった。
　なぜ彼女である私が、ブタ子ごときに笑われるのだ。
　不快な気持ちで、テニスコートに背を向け歩きだす。
　このまま帰るつもりはない。
　柊也先輩の心が見たい。
　私をどう思っているのか…。
　重要事項はすぐ確かめないと。
　グラウンドの隅に建つ、プレハブ長屋に足を向けた。
　野球部、陸上部、サッカー部…。
　外部活の生徒が、部室からぞろぞろと出てくる。
　人通りが切れるのを隠れて待ち、周囲を警戒しながら、男子テニスの部室に侵入した。
　両サイドの壁に、グレーの縦長ロッカーがズラリと並ぶ。
　カゴに入った大量のテニスボールと、壊れたラケットの束。
　換気用の窓がひとつで、薄暗い。

ロッカーにはネームプレートがついていた。
　順番に見ていくと、真ん中辺りに名無しのロッカーを見つける。
　そこを開けると中は空っぽ。
　上下の網棚をはずし、体を横にして入り込み、扉を閉めた。
　身動きできないが、苦しくはない。
　扉の上部に3本線の穴が開いているし、酸欠の心配もない。
　数時間は我慢できそうだ。
　立ち姿勢でウトウトしていると、ガラリとドアが開く音がした。
　スマホを出し時間を確認すると、隠れてから2時間経過している。
　練習を終えたテニス部員達で、ロッカー周囲は一気ににぎやかになった。
　ザワザワとうるさい話し声の中に、柊也先輩の声を見つけた。
　着替えをしながら、友人と話しをしている。
「柊也、今日も俺ん家来んの？」
「あー、今日はいいや。疲れたし、まっすぐ帰る」
　"友達の家に寄るから"。
　それが理由で、一緒に帰ることを拒否されたのに、アレは嘘だった。
　どうして嘘をつくのか…。
　聞けない私の代わりに、友人が聞いてくれた。
「彼女に嘘ついて、悪い彼氏だなー。もう飽きたのか？　次

の女に移ろうとしてる？」
「違うよ、勝手に悪者にすんな。愛美は可愛いし、好きだけどさー…思ったより重い。たまにはひとりになりたい」
「うーわ、贅沢な悩み。今ので、モテない男全員敵に回したな。愛が重いとか、言ってみてー」
「そんなこと言うなよ…。昼も帰りも休日も一緒。しんどいと思わないか？ 元カノが他校だったから、そう思うのかなー…。同じ学校ってマジ疲れる。適度な距離が欲しい」

　暗いロッカーの中、声の方向をジッと見つめていた。
　柊也先輩は、私に飽きた訳でも、心移りした訳でもないらしい。
　理由は"私の愛が重い"から。
　毎日ラブラブでいたい私と、適度な距離を求める彼。
　この差を埋める必要があるね…。
　問題がはっきりしたところで、柊也先輩と友人の声が遠ざかる。
　ドアが開く音がして、
「お疲れしたー！」
　１年生部員の元気なあいさつが聞こえた。
　30分後、ようやく最後の部員が帰り、部室内は静かになった。
　ロッカーに入り２時間半以上。
　同姿勢でいるのも限界だ。
　すぐに出ようとして、扉が開かないことに気づく。
　ロッカーは内側から開けられない造り。

当たり前か。
中に人が入ると想定されていないから。
あせりはしなかった。
普通に開かないのなら、壊して開ければいい。
右足を上げ、扉をガンガン蹴り続けた。
20回目で、蝶番がはずれる。
大きな音が響き、はずれた扉が床に落ちた。
デコボコにゆがんだ扉。
壊れた蝶番…。
あーあ、このロッカー、もう使いものにならないね。
外に出る。
秋空高くに半月が見えた。
冷たい空気にぶるり震えた。
寒い…。
早く帰ってお風呂に入りたい…。
それからじっくり考える。
彼がもっと私を愛する方法を。
 ふたりの愛の重さに違いがあるなら、同じにすればいいだけの話。
 片時も離れたくないと…。
 そう思わせてあげる。

 その日の夜、久しぶりに"ケンイチ's Collection"を開いた。
 片っぱしから掲示板を読みあさり、1時間後にめあての

ものを見つけた。
『ひとりで悩まないで、みんなに話しちゃお？』
　そんなタイトルのお悩み相談スレッドだ。
　そこによく書き込みしている
『桃ラビ』という名のレスに注目した。

32:桃ラビ　08/03 19:11
どうしよー！
大好きな先輩が、ほかの女子と仲良くしてるー！
えーん…ショックー…

41:桃ラビ　08/12 19:20
失恋決定かもー
先輩が部活後に女と手を繋いでたー。うえ〜ん…

49:桃ラビ　08/28 19:54
先輩に近づく女が、
今日交際宣言してたー
大声で言わなくても
知ってるって！
あいつ絶対猫かぶり。
性格最悪ー

65:桃ラビ　11/05 18:43
あの女と先輩がケンカしてるところ見ちゃった！
先輩、うっとうしそうにしてた！
これはチャンス！
どうする？　何かしてみる？
キャー！
私イイ子だから無理ー！

内容からして、間違いなく"ブタ子"だ。
桃ラビ？
"桃色ラビット"ってこと？
どこがピンクのウサギなんだ。
"灰色ブタ子"に変更した方が似合うのに。
ブタ子を見るたび、感じることがあった。
あの子…黒い。
私と同じ種類のダークな香りがする。
腹の中は真っ黒で、陰で悪口ばかり言ってそう。
頭の中で、私を痛めつけ、笑っていそう。
私達は似ている。
でも決定的に違う点がある。
それは、実際に行動を起こす勇気の有無。
大好きな彼を、陰から見つめ続けても、意味がないのに。
あの子には邪魔な女を排除する力がない。
バカな妄想世界で、ひとり満足しているだけ。

行動できないブタ子は、ただのブタ。
私の敵には、なれない。
そのままじゃ、かわいそうだネ…。
行動する勇気を…。
与えてあげようカナ…。
寝る前、悩み相談スレッドに、私も書き込みをする。

66:クロアイ　11/05 23:44
桃ラビちゃんの好きな先輩
わかっちゃった！
私もファンだけど、
彼女できてショックだよね。
しかもあの女はイヤー！
私達って同じ境遇？
仲良くなれそう！
これからいっぱい話そ？

私の撒いたエサに、ブタ子はきっと食いつく。
自分がエサになると気づかずに…。
私と柊也先輩の、愛を深めるエサとなれ。

その日から２週間、掲示板上で、ブタ子と仲良く会話した。
書き込み回数50回以上。

レス数が上限に達し、新しいスレッドを私が立てた。
『悩みを話してスッキリしちゃお！　片思い女子応援スレ』
そんなタイトルの掲示板に、柊也先輩ファンのほかの女子達も集まり始めた。
その人数は徐々に増え、20人のファンが書き込みしていた。
その中でも４人のファンは常連で、ブタ子同様、本気で彼を狙っているみたい。
平日の夜、お風呂上がりに掲示板をチェックすると、すでに常連４人が、チャット状態で盛り上がっていた。

41:桃ラビ　11/19 20:13
みんなー聞ーて！
Ｓ先輩にベッタリのあの女、今日も一緒のお昼を断られてた!!

42:ララたん　11/19 20:15
マジ？ウケル〜
彼女なのに愛されてなーい♪

43:夢キラリ☆　11/19 20:16
昨日は「トイレまでついてくんな」って言われてたよ？

44:苺姫　11/19 20:18
もうフラれてるんじゃね？
破局会見しろ！ww

45:桃ラビ　11/19 20:21
別れろ〜早くフラれろ〜
呪ってやる〜なんてね♪

　私の立てた掲示板内は、私の悪口ばかりだ。
　"あの女"呼ばわりされ、かなり嫌われている。
　桃ラビ以外、人物を特定できずにいるが、常連4人も毎日テニスコートに通っているみたい。
　それにしても、柊也先輩ファンは、そろいもそろって、恥ずかしいニックネーム。
　桃ラビ、夢キラリ☆、ララたん、苺姫…。
　可愛い名前をつける奴は、現実ブスだと思う。
　心もブスなら顔もブス。
　女子力はゼロに近いだろう。
　おブスな書き込みを読みながら、黒髪にトリートメント剤を染み込ませ、鼻で笑った。
　悪口がヒートアップし、"別れはもうすぐ"と勝手に結論を出された時、私も書き込んだ。

58:クロアイ　11/19 20:58
みんな盛り上がってるねー！
私も混ぜてっ！

59:桃ラビ　11/19 20:59
クロアイちゃん遅ーい！
待ってたよー。みんなの中で、
別れは近いと結論出たとこ♪

60:クロアイ　11/19 21:01
マジでー？うれし！
あ……でも…あの女超しつこいし、フラれても「絶対別れない」とか言って離れなそう〜

不安要素を持ち込むと、掲示板はさらに盛り上がる。
あることないこと、私に向ける悪口は終わりを知らない。
人の悪口って、どうしてこんなに楽しいのか…。
みんな素直で、性格最悪だネ…。
楽しい悪口は、やがて柊也先輩を哀れむ方向へ流れた。

75:ララたん　11/19 21:45
あの女、しつこくつきまとって先輩の迷惑！
なんとかしてあげたいよ。

76:苺姫　11/19 21:46
Ｓ先輩かわいそう…
誰か助けてあげてー！

77:桃ラビ　11/19 21:47
別れたいのに別れられないなんて…
全部あの女が悪い！消えてほしい！

"柊也先輩は別れたがっていて、しつこい私が別れを拒否している"。
掲示板上で、いつの間にかそんな共通認識ができ上がっていた。
柊也先輩は、私のこと好きだよ。
ロッカーで盗み聞きした時、そう言っていた。
２日前に体を重ねた時も、耳元で、
「好きだよ」
とささやいてくれた。
根も葉もない勝手な別れ話で、盛り上がる掲示板。
ムカつくけど、イイ流れ。
桃ラビ達は、私の敷いたレール上を、走っていることに気づかない。
そろそろ、イイカナ…。
この辺りで、ブタ子の怒りを爆発させてみようカナ。

翌日放課後、私はテニスコートにいた。

これから来なくていいと言われたが、柊也先輩と話し合い、週2回だけ見にいくことで、折り合いをつけていた。

ブタ子はマフラーぐるぐるまきの防寒姿で、毎日欠かさず応援している。

特定できないが、フェンスを取りまく女子集団に、桃ラビの仲間もいるのだろう。

テニス部の練習が終わりそうな頃、私からブタ子に近づいていった。
「双山さん、今日も寒いね！」
「え…？　あ、そうだね、寒いね」

私から話しかけるのは初めて。

ブタ子は驚き、怪訝そうにする。

ピンクの手袋をはめる彼女は、スポーツドリンクを持っていた。

これは柊也先輩への差し入れ。

時々練習終わりに飲みものを渡し、会話のチャンスを狙っていると知っている。

私の彼氏に勝手に貢ぐなと怒りたいが、今はニッコリ笑い、こう言った。
「そのスポーツドリンク、柊也先輩にあげるんでしょ？　私の彼氏に、いつもありがとう！　ドリンク代が浮くって、喜んでいるよ。浮いたお金で、私にお菓子買ってくれるし、私からもありがとネ！」

ブタ子は言い返さないが、ものすごい顔でにらんでくる。

フフッ…。
　怒ってる、怒ってる。
　でも、まだ足りない。
　行動を起こしたくなるほど、怒りを溜めてくれないと。
　にらむブタ子の手から、サッとスポーツドリンクを奪い取る。
　ニヤリと笑い、こう言った。
「このスポーツドリンク、私から彼氏に渡しておくね！　ブタ山さんは帰っていいよ。寒い中、ご・く・ろ・う・さ・ま」
「返せっ！」
　と言われ手が伸びてきたが、それをヒラリとかわし、駆けだした。
　ちょうど白ジャージ軍団が、テニスコートから出てくる。
　柊也先輩もラケットをかつぎ、汗の湯気を上らせていた。
　彼のもとに駆け寄り、スポーツドリンクを渡す。
「柊也先輩！　差し入れです！」
　"私から"とは言わないが、"ブタ子から"とも言わない。
　先輩はのどを鳴らして一気に半分飲み、残りを私に預けた。
「愛美、今日はマック寄ってくか。今スゲー腹減ってる。家まで持たない」
「はい！　そう言われる気がして、クーポンゲットしておきました！」
「ハハッ。準備いーな。着替えてくるから、少し待って。あ、スポーツドリンク、サンキューな」
　今日の先輩は機嫌がいい。

久しぶりに頭をポンポンしてもらった。
　部室へ去っていく彼。
　ふり返りブタ子を見ると、怒りの握力でフェンスが壊れそう。
　ニコニコしながらブタ子の前まで歩き、彼の飲みかけスポーツドリンクに口をつけた。
　ワナワナと唇を震わせ、ブタ子が怒りを口に出す。
「マジ性格悪っ…。嫌がらせだとわかってやってんでしょ？　そんなことして楽しいの？」
「うん、楽しい！　悔しそうなあんたの顔、面白いね。アハハッ！」
「似合わない…」
「何が？」
「お前みたいな性格ブス、柊也先輩に似合わない！　先輩がかわいそうだよ！　別れさせてやるっ!!」
　ブタ子がフェンスをガシャンと蹴った。
　帰ろうとしていたファンの群れの中で、3人だけが興味深げにこっちを見ていた。
　その3人の顔を記憶する。
　"ララたん、夢キラリ☆、苺姫"。
　この子達がたぶん、桃ラビの仲間じゃないかな…。
　3人にも聞こえるよう、声をあげ笑った。
「アハハッ！　ブタ山さんって面白ーい！　別れさせる？　柊也先輩に1mmも愛されていない、"ただのファン"に何ができるの？　やって見せてよ。彼女である私に、勝てっ

こないけど。アハハハッ」
　笑っていると、着替えを済ませた柊也先輩がやってきた。
「お待たせ…あれ？　何かあった？」
　笑顔の私とブス顔の彼女を見比べ、心配する。
「ううん、楽しく話していただけです。柊也先輩、この子私のクラスメイトの双山春香ちゃん。先輩のファンなんです」
「知ってるよ。双山さんはいつも差し入れくれるし」
「そっか、知ってましたか。今日は差し入れ忘れちゃったみたいですよ？　ブ…双山さん、また明日ね。バイバイ！」
　笑顔でブタ子に手を振る。
　柊也先輩に腕をからめ、校門を出た。
　ここまで、歯ぎしりの音が聞こえてきそう。
　その怒りを私にぶつければイイ。
　どんな卑怯(ひきょう)な手を使うのか…。
　楽しみだネ…。

　その日の夜、掲示板を開くと、さっそく"桃ラビ"が書き込みしていた。
　私にされたことを細かに書き、怒り狂っている。
　それに同情レスで応えるのは、常連の３人。
　レス内容から"ララたん、夢キラリ☆、苺姫"は、予想通り、私とブタ子のやり取りをじっと見ていた、あの３人だとわかった。
　"ララたん"の今日１つ目のレスはこんな内容。

82:ララたん　11/20 20:35
見てたーひどかった！
てか、桃ラビちゃんが誰かわかっちゃった。
それでも私は桃ラビちゃんの味方だよ！頑張って！

　桃ラビが"双山春香"だと知っても、味方宣言するということは…。
　どうやらララたんは、ブタ子を見下したようだ。
　ブタ子をふくめた４人は、ガチで柊也先輩の彼女の座を狙っている。
　最大の敵は私だが、ほかのメンバーも、それぞれライバル関係にある。
　それなのに味方宣言しちゃうということは、ブタ子は彼女になれっこないと、見下したからだ。
　ほかのふたりのレスも、ララたんと似たような感じ。
『あの女より桃ラビちゃんの方がお似合い』
『思いはきっと届くよ』
　など…。
　うわべだけの応援合戦をくり広げていた。
　見下されていると気づかない桃ラビは、３人に背中を押され、"怒り"から１歩前に進んだ。
『悔しい！　仕返ししないと気が済まない！』
　と書き込む桃ラビ。

ほかの3人が、
『やっちゃえ！』
『頑張れ〜』
『痛い目みるべき』
　いい加減な応援をする。
　それを見て私はニヤリと笑う。
　誘導せずとも、仕返しする方向へ進んだみたい。
　計画通りとわかり、今夜は会話に参加せず、サイトを出た。
　椅子から立ち上がり、ピンクのカーテンの前に立つ。
　勢いよく開けると、壁には何十人もの柊也先輩の顔。
　大切なコレクションを1枚1枚眺める。
　一番のお気に入りは、テニスの試合中の写真。
　するどい目つきでボールを追う、彼の唇にキスをした。
　優しく微笑む先輩も好きだけど、怖いほど真剣な目をするテニス中の彼には、ゾクゾクする。
　獲物を追いかける、肉食獣みたいな目…。
　こんな目で、狂おしく愛してほしい…。
　写真の中の彼に話しかけた。
「ねぇ先輩、あなたのファンに、私がイジメられたらどうしますか？」
　ファンの子を憎む？
　自分を責める？
　心配で、私のそばから離れられなくなる？
　フフッ…。
　明日のブタ子が楽しみ…。

翌日の昼休み、菜緒と教室でお弁当を食べている。
　昨日のドラマの話に夢中な菜緒。
　途中まで相づちを打っていたが、心のため息が口に出てしまう。
「愛美、どした？」
「あ…ゴメン。途中からまったく聞いてなかった」
「そうみたいだね。愛美がそういう子って理解してるから、別にいいよ。それよりどした？　ガラにもなく悩みごと？」
　ポケットからメモ用紙を取り出し、菜緒に見せた。
　4つ折りに畳まれたメモ用紙は、今朝、上靴の中に入れられていたもの。
　それを開けると…。
『性格ブス　死ね』
　と書いてあった。
　菜緒は驚き心配する。
「これ…まさか、柊也先輩ファンの…」
「うん、そう」
「ヤバイって…どうしよう？　先生に相談する？　あ、柊也先輩にも言った方がいいよ！」
「言わなくていい。何もする気がしない。これだけ？って感じでため息が出る…はぁ…」
「は？」
　ブタ子がどんな仕返しをするのか、ワクワクして登校したのに、上靴の中のメモ用紙を見て、ガッカリした。
　心が弱い子なら傷つくかもしれないが、私にはかすり傷

ひとつつけられない。
　ブタ子を見るたび、
「これだけ？」
　と聞きたくなるのを我慢し、第２弾の攻撃を待っているのだが、一向にその気配がない。
　掲示板であんなに息まいていたのに、ガッカリさせてくれる…。
　ブタ子は私と同じダークな匂いがする。
　心の中は真っ黒だと思っていたけど、実は優しいイイ子なのだろうか？
　それともバカなだけか…。
　教室の対角で、お弁当を食べるブタ子グループをチラリ見た。
　キャッキャッと楽しそうに笑っている。
　笑顔のブタ子と目が合った。
　ニヤリ笑うブタ子。
　してやったりと、満足そうだ。
　その顔を見て理解した。
　ブタ子の"仕返し"は、本当にこの退屈なメモ用紙１枚で終わったのだと。
　菜緒の前でひとり言をつぶやく。
「こんなの予想外…困るよね…」
　この程度のイジメでは、恐怖を演じられない。
　姫を守る、ナイトも登場させられない。
　"困る"とつぶやいたひとり言を、菜緒は逆の意味にと

らえた。
「愛美、大丈夫だって。こんな嫌がらせ、気にすることないって。柊也先輩はモテるから、こんなこともあると思うけど、無視すればいいよ！ ほら、元気出して？ から揚げ１個あげる！」
「菜緒…。ありがと…」
　お礼の言葉は、から揚げをくれたことに対してのみ。
　元気づけようとする菜緒のセリフは、ひどく的はずれで、「ありがとう」と言えない。
　もらったから揚げを口に入れながら、考える。
　"私イジメ"の首謀者をブタ子にしようとしたが、無理みたい。
　計画変更。
　首謀者は私自身。
　ブタ子は"コマ"として動いてもらう。

　翌日早朝、朝練の生徒しか来ていない校内で、人目を気にしながら渡り廊下へ向かっていた。
　本校舎と、増築した新校舎を繋げる渡り廊下は２階にある。
　誰もいない寒い渡り廊下。
　その壁には、ポスターがズラリと貼られていた。
　就職相談会、読書週間、犯罪撲滅キャンペーン、部活勧誘、大学紹介、地球環境基金…etc.。
　窓以外の壁はすべて掲示用に使用され、色とりどりのポスターでにぎわっている。

それらをすべてはがし、代わりに持ってきた50枚のポスターで壁を埋めた。
　Ａ３サイズのポスターは、昨夜３時までかかり自宅で作ったもの。
　内容はすべて同じ。
　１枚作り、それを50部コピーした。
　急いだが、50枚貼り終えるのに15分もかかってしまう。
　同じポスターが隙き間なく貼られた壁は圧巻だ。
　ここを通る生徒は、必ず興味を持ってこれを見る。
　何種類も作るより、同じものを並べて正解だと思った。
　でき栄えに満足していると、本校舎側から、話し声と足音が近づいてきた。
　慌てて新校舎側の、柱の陰に身を隠す。
　渡り廊下に来た誰かが、驚きの声をあげた。
「わっ！　何これ？」
「スゲー…。こういうの、マジでやる奴いるんだ…」
　その反応にほくそ笑む。
　渡り廊下を離れ、何食わぬ顔して自分の教室へ戻った。

　１時間目が終わった中休み、トイレに行った菜緒が教室に駆け込んできた。
　あせった顔して、私の机をバンバン叩き、何かを伝えようとする。
「何、慌ててるの？」
　２時間目の現国の教科書を出しながら聞くと、菜緒は私

の耳元でこう言った。

「愛美ヤバイよ！　昨日変なメモ紙入れられたでしょ？　あれで終わりじゃなかった。渡り廊下に、あんたの中傷ポスター、いっぱい貼られてるって！」

菜緒と一緒に渡り廊下へ行く。

予想通り、集客効果は抜群。

溢れるほどの人だかりができていた。

菜緒が、

「ほら、アレだよ…」

とポスターを指差す。

製作者は私だが、

「嘘…。あれ全部？」

と、一応の驚きとショックを演技してみた。

黄色地に黒字の、目立つ配色。

紙面の上半分は、引きのばした写真がプリントしてある。

これは先月の郊外学習の写真だ。

行事ものはカメラマンが同行し、後で写真を校内販売する。

誰でも購入可能な私の写真を、ここで使用した。

写真の目元に黒い棒線を引き、わざとらしい匿名性を出してみた。

さらに全身を赤丸で囲み、斜め線を入れ、危険人物扱いする。

写真の下は文章。

PCでこんな文面を作ってみた。

『悪女出没注意!!
　性格：
　ワガママ、腹黒、ビッチ、淫乱
　特徴：
　つきまとい癖あり。
　初体験は中１、現在までに100人斬り達成。
　ふた股３股当たり前。中絶５回。
　男を食い物にする危険生物のため、排除にご協力を!!
　王子を守る会』

　我ながらひどい中傷だと思うが、おおげさに書いた方が嘘くさいから安全なのだ。
　柊也先輩がこれを見ても大丈夫なように書いた。
　彼は私の初体験の相手が自分だと、身をもって知っている。
　信じるバカもいるかもしれないが、柊也先輩だけは信じない。
　ざわめく生徒達。
　ポスターを指差し、いろいろな会話が飛び交う。
「この子、テニス部キャプテンの彼女だよね？」
「書かれてる内容マジ？」
「バーカ、100人斬りってありえねーだろ」
「逆恨み？　かわいそうー」
「ひどいことすんなー」
　同情の声が多く、ほとんどの生徒が不快な表情で見ている。
　でも、誰ひとりとしてはがそうとしない。

ヒソヒソ話し、哀れむだけ。
　　他人の不幸は蜜の味。
　　偽善者達は、同情するふりして、内心楽しんでいる。
　　偽善者達をかき分け、私はポスターをはがしだす。
「違うっ！　私はこんなことしてないっ！」
　　そう叫び、目を潤ませ、中傷に傷つく、か弱い女子を演じて見せる。
　　ポスターはがしを手伝ってくれたのは、菜緒だけ。
　　すべてをはがし終えるのに、5分かかった。
　　グチャグチャになった昨夜の力作を抱きしめ、床にひざをつき、泣きマネをする。
　　泣きながら、横目でやじ馬達を観察すると、ブタ子の姿を見つけた。
　　笑いたい気持ちを必死に隠す…。
　　そんな顔をしていた。
　　ブタ子から数m離れた場所には、"ララたん"もいる。
　　その後ろに"苺姫"。
　　壁際に"夢キラリ☆"。
　　ララたん達3人の、人物特定はすでに済んでいる。
　　テニスコートでブタ子をからかった時、足を止めこっちを見た、3人の顔をしっかり記憶していた。
　　掲示板でさりげなく、髪型など判別できそうな特徴を聞くと、バカな3人は疑うことなく、"クロアイ"に教えてくれた。
　　校内で後をつけ、クラスと名前も把握した。

3人の正体を知っているのは私だけ。
　"桃ラビ"がブタ子である以外、彼女達はお互いのことを知らずにいる。
　2時間目の授業開始の本鈴が鳴った。
　やじ馬達は慌てて、それぞれの教室に帰っていく。
　ブタ子とララたん達も、うれしがる心を隠し、渡り廊下から立ち去った。
　彼女達の心が手に取るように見える。
　きっと今、こう思っているはず。
『あの女が泣いてるよ！　クロアイちゃんて、すごいなー！』
　ブタ子の仕返しがあまりにも幼稚だから、昨日の掲示板にクロアイはこう書き込んだ。

21:クロアイ　11/21 22:36
桃ラビちゃん、仕返しできてよかったね！
でも…あの子相当悪女だから、メモ用紙1枚じゃ反省しないと思うよ？
きっちりお返ししないとダメ！
桃ラビちゃんの代わりに明日は私がやるよ。
何が起きるか楽しみにしてネ♪

　ブタ子＋3人は、これでクロアイの力を認めたことだろう。
　クロアイにまかせておけば、あの女を泣かせることがで

きる。
　クロアイの指示に従えば、憎い女から柊也先輩を取り戻せる。
　そう信じる４人を、私の意のままに操ってアゲル。

　中傷ポスターから数日間、校内でおとなしく過ごしていた。
　弱々しく笑い、時折しょんぼりと肩を落として見せる。
　ブタ子達の前では、ダメージを受けた風を装い、柊也先輩の前だけ、明るい笑顔を見せていた。
　ポスターのウワサは当然、彼の耳にも入っていた。
　かなり心配されたが、
「嘘ばっかりで気にしていませんよ」
　と平気さをアピールした。
　現段階で、心配させすぎてはいけない。
　ナイトの登場は、まだ早い。
　これから"私イジメ"はエスカレートする。
　もっとひどい状況になり、初めてことの重大さに気づかせる方が、私にとってメリットが大きい。
　掲示板上での、楽しいやり取りは続いていた。
　４人の信頼を勝ち得た"クロアイ"は、徐々に彼女達を支配していく。
　私の上靴の底に、"ビッシリ画鋲を刺せ"と指示すれば、翌朝、苺姫が実行し、"机にシネと落書きしろ"と命令すれば、夢キラリ☆がそれをやる。
　これらの指示は、掲示板には書き込んでいない。

具体的なイジメ内容をネットにさらせば、クロアイに害がおよぶ。

そんなバカなことはしない。

イジメ内容は、4人の靴箱に手紙を入れることで伝えている。

手紙を入れた初日、4人とも驚いていた。

なぜクロアイが、リアル世界の自分達を特定できたのかと、驚き怖がっていた。

その恐怖心も支配のために有効。

信頼と恐れ。

たちまちクロアイは、リーダーの地位を獲得した。

今や4人は、私の家来。

手紙の指示通り動き、成果を掲示板上でほめられると、100点取って先生にほめられた小学生みたいに、無邪気に喜んでいた。

12月に入り、吐く息が白くなった頃、"私イジメ"のレベルを1段階上げることにした。

早朝、人気のない玄関。

4人の上靴に指令書を入れておく。

教室に入り、ララたんが黒板に書いた、私の悪口を消していると、菜緒が、

「おっはよ！」

と入ってきた。

ふり向く私の顔を見て、息を飲み、驚いている。

「愛美…。その顔、どうした？　まさか…例のイジメ？」
「…たぶん」
　左ほおに大きな湿布を1枚貼っていた。
　はしを少しはがして菜緒に見せ、すぐに湿布でほおを隠す。
　怖がりながら、菜緒が質問してくる。
「青くなってる…。今度は何された？　叩かれたの？　誰に？」
「昨日の帰り…。目出し帽の女の子に、いきなり殴られた」
「マジで…？　ヤバイよ…。親に言った？　ていうか、警察ものでしょ？」
　青ざめる菜緒。
　湿布の上からほおに触れてくる。
「痛っ」
　声をあげると、
「ごめん！」
　慌てて手を離した。
　本当は痛くない。
　青アザもできていないし、殴られてもいない。
　青いアイシャドーを塗り、湿布を貼っただけ。
　マジマジ見られたら、アザではないとバレるから、さっきは、チラ見せするにとめておいた。
　"警察"なんて、面倒くさいことを言いだした菜緒。
　余計な行動させないように、クギを刺しておく。
「警察沙汰なんて、嫌だよ…。親にもイジメを知られたくない…。私はまだ大丈夫。だから菜緒、絶対誰にも言わな

いでね？　柊也先輩にも言わないでよ？」
「柊也先輩にも？　どうして？　あんたの彼氏だよ？　犯人どうせ、先輩ファンでしょ？　守ってもらうべきだよ！」
　菜緒は本気で心配してくれる。
　私の手を強く握り、説得しようと必死だ。
　菜緒は優しいね。
　ありがとう。
　その優しさも、その内、利用させてもらうけどネ。
　柊也先輩に言わないでとお願いした理由を、菜緒に打ち明けた。
「実はね…。柊也先輩、私に飽きてきたみたいなの…」
「は？　そんなこと言われたの？」
「あ、言われてないよ、私の勝手な推測。最近、一緒にお昼食べる回数も減ったし、テニスの応援も、毎日来るのはやめてって…。なんかね、適度な距離が欲しいみたい。私はくっついていたいけど、先輩は違うんだ…。だからね、冷めかけてる彼に"あなたのファンにイジメられて…"なんて言えない。きっと"君のために別れよう"と言われちゃう…」
　菜緒は怒っていた。
「そんなひどい男…あんたからフってやれば…」
　そう言いかけて、悔しそうに唇を噛む。
「それは無理だよね…。愛美、柊也先輩のこと大好きだもんね…」
「うん、絶対に別れたくない。大丈夫だよ。たえられなく

なったら、親にもちゃんと話す。菜緒、心配してくれてありがとう！」

 私に言いくるめられ、菜緒は誰にも言わないと約束してくれた。

「その代わり、私にはちゃんと相談してよ」

 って…。

 菜緒の澄んだ目を見て、豆粒ほどの良心がチクリと痛んだ。

 申し訳ない気分になり、目をそらしてしまう。

 だましてごめんね…。

 お詫びに、菜緒に好きな人ができたら、最大限の協力をするから。

 周りの女を排除し、その男をおどして、恋を実らせてあげるからネ。

 2時間目の数学の時間。

 若い男性教師に、

「生理痛MAXで辛い」

 と嘘をつき、教室を抜けた。

 向かう先は保健室ではなく、正面玄関。

 桃ラビ、ララたん、苺姫、夢キラリ☆。

 4人の外靴の中から、メモ紙を順次回収していく。

 それらをポケットに入れ、今度はちゃんと保健室に行った。

 生理ではないが、鎮痛薬をもらい、ベッドに寝かせてもらう。

ベージュのカーテンで仕切られたひとりの空間で、回収したメモ紙とスマホを出す。

今朝、4人の上靴に入れた指令書には、イジメの指示ではなく、メールアドレスを教えるよう書いていた。

すでに顔バレしている4人。

逆らうことなく指示に従い、メアドを書いて自分の外靴に入れていた。

入手したメアドにメールを2通送る。

私のアドレスではなく、フリーメールを利用した返信不可な方法を取った。

メール内容は昨夜作り、保存しておいたもの。

1通目のメールはこんな内容。

---

sub：拡散希望！

王子をだます悪女に、ついに制裁が下る！
ボコられて不細工にな〜れ♪
みんなも協力して。
正義のために悪女をやっつけちゃえ！
　　　　　　　　　王子を守る会より

イジメ協力を求める文面に、画像を1枚つけた。
薄暗い夕方、草地に寝転び、痛そうに左ほおを押さえる私。

口のはしに、血のり代わりのケチャップをつけ、殴り倒された感じを演出してみた。
　これを撮影するのは簡単だ。
　カメラを三脚にのせ、タイマーセットすればひとりで写せる。
　この１通目を送り、すぐ２通目も送信した。

今のメールを、女子限定で拡散させて。
柊也先輩ファンの女子、全員に広がるといいね。
私達の努力で、あの女は弱ってきてる。
「別れたい」と言いだすまであと１歩！ガンバロ♪
　　　　　　　　　　クロアイより

　仕事を済また後、ベッドから下り、カーテンを開けた。
　机に向かう保健の先生が、
「あら、もういいの？」
　と聞いてくる。
「はい、薬が効いて楽になりました。授業に戻ります」
　保健室はサボリたい生徒のたまり場。
　すぐに授業に戻るという生徒は珍しいので、保健の先生は、
「偉いわね」
　と、感心して私を見ていた。
　教室に戻る。

後ろのドアから入り自席に座ると、机5個分離れた席から、ブタ子がこっちを見ていた。
　視線を合わせると、ニヤリ笑い、目をそらす。
　制服のブレザーに入れた左手は、きっとスマホを握っているのだろう。
　クロアイから次のイジメ指示が来て、うれしそうなブタ子。
　今のうち、楽しめばいい。
　最後に笑うのは、私だけどネ。

　"私イジメ"をあおるメールを拡散させてから、今日で1週間。
　スリルある学校生活を送っていた。
　すれ違いざま、ぶつかられたり、髪を引っ張られるのは当たり前。
　昨日は階段から突き落とされそうになり、少しだけ驚いた。
　上靴は3回盗まれ、あきらめて来客用スリッパで過ごしている。
　ほかにも、教科書や机の落書き、外を歩けば窓からゴミが降ってくるし、ソフトボールが鼻先ギリギリを飛んでいったこともあった。
　私発信の、あのメールの拡散状況は上々。
　イジメの実行犯は、ブタ子達だけでなく、柊也先輩ファン不特定多数に広がった。
　いや、もしかすると、ファン以外の子も、ゲーム感覚で参加しているかもしれない。

少しあおるだけで、イジメは面白いほど拡大する。
　"みんなでやれば、恐くない"。
　そんな集団心理が働き、ひとりひとりの罪悪感はかなり薄いと思う。
　4時間目の体育を終え、教室に戻る。
　予想していたが、留守の間に机の上は落書きだらけになっていた。
　"ウザイ、シネ、バカ"。
　びっしり書かれた、頭の悪い文字が100個くらい。
　今朝消したばかりなのに、また消さなければならない。
　お弁当を出す前に、マニキュアの除光液を出す。
　油性ペンの文字を端から順に消していると、除光液の小ビンとティッシュを菜緒に奪われた。
「菜緒、いいよ…。自分で消すから…」
　そう言っても、菜緒は返事をせず、黙々と机をふき続ける。
　唇を引き結び、怒っているようにも見える。
　やがて菜緒の目から涙が溢れ、きれいになった机の上にポタポタと落ちた。
「菜緒？　どした？」
「"どうした"じゃないよ…。こんなの悔しいよ…。愛美…いつまで我慢する気？　だんだんひどくなってるのに、なんで誰にも言わないの？」
「それは…。まだ我慢できる範囲だし…私は大丈夫…」
「もう！　大丈夫、大丈夫って、あんたそればっかり！　愛美が大丈夫でも、私の我慢は限界だよ！　こんな卑怯な

マネ許せない！　犯人、柊也先輩ファンでしょ？　先輩に言ってやるから！」
「ま、待って！　それはまだ早…いや、もう少しだけ待って！」
　悔し涙を流し、興奮する菜緒。
　なんとかなだめて落ち着かせようとする私。
　お昼の教室はいつもより静かで、クラスメイト達はヒソヒソ話しながら、遠まきにこっちを見ていた。
　そこにタイミング悪く柊也先輩がやってくる。
　今日は３日ぶりに、一緒にお昼を食べる約束をしていた。
「愛美」
　と入口で名を呼ばれる。
　先に反応したのは菜緒。
　私より早く、柊也先輩に駆け寄った。
「柊也先輩！　愛美が…」
　涙目で真剣な顔した菜緒に詰め寄られ、彼は面食らっている。
　余計な言葉を言われる前に、慌てて後ろから口をふさいだ。
　今はダメ。
　ここで暴露されては、準備しているものが無駄になる。
　柊也先輩は中傷ポスター以外のイジメに気づいていない。
　ひどいイジメを受けているとバラすのは、"今日の放課後"まで待ってほしい。
　菜緒の耳元で、
「お願い言わないで」

と小声で言い、怪訝そうな彼の前で、とりつくろうように笑った。
「あはは…えっと…実は、菜緒とケンカしちゃって…。あの、お昼の約束したけど、今日は菜緒と食べていいですか？　仲直りしたくて…柊也先輩…ごめんなさい…」
「別にいいけど…ケンカなんて珍しいな。菜緒ちゃん、何が原因か知らないけど、愛美を許してやって？　菜緒ちゃん以外、友達いないみたいだし」
「そんなことないです！　友達たくさんいますよ！」
「ハハッ。まっ仲良くやってよ。じゃあな」
　柊也先輩の姿が見えなくなってから、菜緒の口を解放した。
　強く押さえすぎて、口の周りが赤くなっている。
　菜緒はすぐにイラ立ちをぶつけてきた。
「なんで言わせてくれないのよ！」
「だからね、柊也先輩にバレたら別れ話になりそうで…」
「そんなことないって！　今だってお昼誘いにきたじゃない！　愛美、もっと自信持ちなよ？　ちゃんと言って、守ってもらいなよ」
「菜緒…ありがと。でも少し待って。よく考えるから…。せめて"今日の放課後"までは、柊也先輩に言わないで」
　"私イジメ"は放課後に山場を迎える予定。
　昨日の夕方、フリーメールから４人に指令を送った。

---

sub：指令　No.9

明日の放課後、グラウンド北側倉庫に集合。
あの女を呼び出すから、直接攻撃で一気にトドメを刺して。
あの女が「別れる」と口にするまでボコること。
　P.S.このメールは拡散させないでね。チクる奴がいたら困るから。
　私達5人の秘密ダヨ♪

メールでの指示は一方通行。
私から受け取ることはできても、4人からの返信は不可。
彼女達が私に何かを伝えたい時は、掲示板を使うしかない。
　メール直後の掲示板は、"アレ""ソレ"指示語がやたら多い、レスが続いた。

78:苺姫　12/10 18:40
クロアイちゃん見てる？
あのね…アレはマズイと思うよ…

79:夢キラリ☆　12/10 18:41
私も苺姫に1票。
ソレはやりすぎ。

80:ララたん　12/10 18:42
血を見るのは嫌かな…
アレだと、顔見られちゃうし、ソレも嫌

　間接攻撃は楽しそうにやってたクセに、急に怖じけづく３人。
　根性のない奴らだ。
　３人の意欲を上げるため、クロアイも書き込んだ。

81:クロアイ　12/10 18:43
みんなー、桃ラビちゃんが何されたか忘れたの？
あの怒りはどこ行った？

みんなが怒りに燃えるのを期待した。
しかし、今度は桃ラビまでこんなことを言いだした。

82:桃ラビ　12/10 18:45
スポーツドリンクの恨みはあるけど…
でも、たかがスポーツドリンクだし…
アレするほどの恨みでもないし…

　この期におよび、急にいい子ぶる４人。
　ここで終わっては、"イジメられ損"で私がバカを見る。
　途中下車は許さない。
　きっちり私の敷いたレールを走り、最後は崖から落ちてもらう。
　昨夜の私は、それ以上ムカつくレスを読まずに、掲示板を出た。
　ベッドに寝転び、最終メールを４人に送りつけた。

---

sub：最終通告

計画から逃げたいなら、逃げてもいい。
でも…忘れないで…
あなたたちの顔も実名も、私は知っている。
裏切り者は嫌い。
容赦しないカラ…

"放課後まで"柊也先輩に言わないでほしいと頼むと、菜緒はため息をつき、うなずいた。
　菜緒とふたり、口数少なくお弁当を食べる。
　視線を感じ、斜め前を見ると、ブタ子と目が合い、すぐにそらされた。
　今日のブタ子は元気がない。
　いつもはニヤニヤしながら、"私イジメ"を楽しんでいるのに。
　なぜと思う必要もなく、その理由は、クロアイからの最終メール。
　きっと「どうしよう…」と迷っている。
　クロアイの指示に従い、直接攻撃に参加するか、それとも逃げて、クロアイの報復におびえるのか。
　放課後まで後数時間。
　せいぜい悩めばいいヨ。

　放課後になった。
　今日は掃除当番のため、下校時間が少し遅れる。
　菜緒に待ってもらい、ゴミ捨てを終わらせ、一緒に正面玄関に向かった。
　放課後の校内は静かだ。
　部活の生徒以外帰っていき、靴箱前にいるのは私達だけ。
　上靴を脱ぎながら菜緒が聞く。
「愛美、柊也先輩に言う決心ついた？」
「う…うーん…」

まだ迷っている風を装いながら、自分の外靴に手をかける。
「あ、また入ってる…」
　そうつぶやき、靴から取り出したのは、4つ折りのメモ用紙。
「いちいち読まなくていいよ。捨てちゃいな？」
　メモの送り主に呆れ、菜緒はそう言うが、私は無言で紙を広げた。
　それにはこんな文面が印字されていた。

『黒田愛美様
　本日放課後、グラウンド北側倉庫に、ひとりで来てください。
　誰かにチクったり無視する場合、ペナルティとして、あなたの大事な人達に危害を与えます』

　もちろん、書いたのも入れたのも私。
　菜緒の前で不安げな顔を作り、指先を震わせ、メモ用紙をカサカサ言わせてみた。
　文章を読み、菜緒が言った。
「行ったらダメだよ？」
「でも…ペナルティが…」
「ただのおどしだよ。無視無視」
「でも…。"大事な人達"に危害って…菜緒のことかもしれないよ？」
「え？　私？」

呼び出しメモに書かれた"大事な人達"という言葉。

菜緒はそれを、柊也先輩のことだと思ったみたい。

まさか自分がふくまれると思わなかったので、私の指摘に驚き、とまどっていた。

迷いは顔に出る。

私を心配するのは、嘘じゃなく本当の気持ち。

「行くな」「無視しろ」と言ったけど、そのせいで自分に害がおよぶなら、話は別。

薄情だとは思わないよ。

誰だってイジメにあいたくないもの。

中傷ポスターを貼られたくないし、机に悪口書かれたり、上靴を盗まれるのも嫌だよね。

イジメられる自分を想像し、おびえる菜緒。

「行くな」と言えなくなった彼女に笑顔を向ける。

「菜緒、私、ひとりで行ってみるね。大丈夫、イジメなんて卑怯だよって、ハッキリ言ってやるから。それでね、私が30分しても戻らなかったら、柊也先輩に……あ、ううん、やっぱいい。これは私の問題。柊也先輩は関係ないよね…」

「関係あるよ。大ありじゃない…」

菜緒の言う通り。

柊也先輩を無関係のまま終わらせたりしない。

今までまき込まなかったのは、これから盛大に関わってもらうため。

怒りと後悔を爆発させてあげるから。

菜緒にカバンを預け、玄関を出て駆けだした。

テニスコート横を通ると、今日も白ジャージの彼は、爽やかな汗を流していた。

フェンスを囲むギャラリーに、ブタ子達4人の姿がない。

きっと今頃、倉庫で私を待っている。

クロアイの支配から、バカな子ブタは抜け出せない。

寒い外気の中、白い息を吐きながらグラウンドのはしに行く。

倉庫と呼ばれる建物は、それほど大きくない、プレハブの物置小屋だ。

中にはハードルや高跳びなどの陸上用具と、肥料、スコップ、ミニ耕運機などの園芸道具、それから、脚立や天幕、ブルーシートなどがしまってある。

正面には開口の広いシャッター。

その横に普通のドアがあり、シャッターを開けずとも出入りができる。

もちろんふだん、ドアに鍵がかかっている。

でも、そんなのは、どうとでもなる。

かかっている鍵は開ければいい。

今日の6時間目前の中休み、職員室へ行った。

「地理で世界地図を使うので、資料室の鍵借ります」

そう言って、ボードにかかっている全教室の鍵の中から、倉庫の鍵を手にした。

それだけの話。

ドア前に立ち、氷のように冷たいドアノブに手をかける。

ニヤけていた顔を元に戻し、緊張とおびえの表情を作る。

それから、ゆっくりドアノブを回した。
中に入ると、倉庫独特のほこりっぽい匂いがした。
薄暗く、上部の明かり取りの窓から、弱い光が入るのみ。
ごちゃごちゃものが積まれた空間で、中央だけ荷物がどかされ、スペースがある。
スペースを作ったのも私。
出演者が多い分、しっかり動ける場所を作ってあげないと。
薄暗さに目が慣れると、私の作ったスペースに立つ、4人の女子生徒が見えた。
「え…？　双山さん？」
まさかと言いたげに驚いて見せると、ブタ子が嫌そうな顔をした。
「来ちゃったよ…」
ブタ子の隣でつぶやくのは、"ララたん"。
"苺姫"は困った顔で視線をそらし、"夢キラリ☆"はため息をついた。
4人を代表し、ブタ子が怒りをぶつける。
「あんたのせいで、うちらまでこんな目にあって…本当迷惑。しかもクロアイ来ないし、高みの見物かよ…」
言ってる意味はわかるが、わからないふりしてとぼけて見せる。
「え？　クロアイ？　よくわかんないけど…これって何の呼び出し？」
「バカなの？　見ればわかるでしょ？」
見なくてもわかるけど、ブタ子に言われてから周りを見

回した。
　広げたスペースに、イジメアイテムが置いてあった。
　水の入ったバケツが4つ。
　生卵のパックが2つ。
　マヨネーズとケチャップが4本ずつに、ウケ狙いで100円ショップのピコピコハンマーも置いてみた。
　痛いのは好きじゃないから、物騒なものは用意しない。
　"ものすごくヤラレてる"。
　そんな絵ができればいい。
　血が出なくても、ケチャップまみれになれば、すごく悲惨に見えるはず。
　自分で用意したイジメアイテムを見て、心で笑い、顔は恐怖して見せた。
　怖ず怖ずと4人に聞く。
「料理…じゃないよね？」
　ララたんが鼻で笑う。
「マジでバカ？　それとも天然なふり？　クロアイに命令されたからじゃないけど、やっぱこの女、ムカつく。私からやらせてもらうね」
　ララたんの手から生卵が飛んできて、頭に当たり、グシャリつぶれた。
　あ、予想より痛い。
　鶏卵じゃなく、ウズラ卵にすればよかったかな…。
　そんなことを考えていると、次々と生卵が飛んでくる。
　体の上で壊れてつぶれ、全身卵まみれでドロドロになる。

割れた卵で足がすべり、コンクリートに尻もちをついた。
　転んだ私に、ブタ子がゆっくり近づく。
「生卵でドロドロじゃん…汚い…。ねぇ黒田さん、どうしてイジメられるのか、わかるでしょ？　柊也先輩と別れてよ。別れると言えば、イジメるのやめてあげる」
　私を見下ろし、腕組みして、薄く笑うブタ子。
　その卑劣な態度もセリフも、台本通りで素敵。
　卵まみれの顔を袖でふき、ブタ子をにらみ返した。
「別れないよ。何をされても別れない。イジメ？　やればいいじゃない。私は負けないから」
　強気の私にブタ子が舌打ちする。
　夢キラリ☆がバケツを手にし、冷水を浴びせた。
　今は12月。
　コートも制服もずぶ濡れになり、演技じゃなく体が震える。
　ブタ子が楽しそうに笑い、つられてほかの3人も笑った。
「寒いよね？　冷たいよね？　やめてって言いなよ。別れるからもうやめてって泣きなよ」
　首を横に振る。
　寒さに震えながら、ブタ子をにらみ続けた。
　反抗的な目にブタ子がイラ立つ。
　肩を蹴られ、あお向けに転がった。
　そこにもう1杯、バケツの水が浴びせられた。
　髪を引っ張られ、手足をふまれ、ピコピコハンマーは使ってくれないけど、ケチャップ、マヨネーズ、卵、水、私の用意した小道具で、4人がいっせいに攻撃してくる。

「オラッ、泣けよっ!」
　ブタ子に怒鳴られても泣かない。
「別れるって言いな!」
　ララたんに蹴られても、無言でたえる。
　倉庫に入りそろそろ30分という頃、ケチャップまみれの手をポケットに入れ、スマホに触れた。
　ここに来る前、メールを作っておいた。
《タスケテ》
　緊迫感あるひと言メールを、ワンタッチで菜緒に送信した。
　蹴られながら、逆側のポケットにも手を入れた。
　指先に触れるのは、冷たい金属の感触。
　それを取り出し、わざと床に落とした。
　カチャンと音がして、攻撃を中断する４人。ブタ子が落ちたものを拾い、手の中で遊ばせる。
「ハサミ…。へぇ、黒田さん、これで抵抗しようとしたの？度胸あるじゃない。落とすなんて、バカだけど」
「あっ…」
　しまったという表情を作り、急いで立ち上がった。
　ドアに向け走ろうとするが、逃げ道をふさがれ、捕まってしまう。
　背後に回るララたんに、羽交いじめにされた。
　苺姫と夢キラリ☆に、両腕を押さえられた。
　ブタ子がハサミをシャキシャキ言わせて、近づいてくる。
　恐怖の表情を作り、震えながら言った。
「お願い…やめて…」

「やっとやめてと言ったね。で？　その次は？　早く、別れるって言いなよ」
「それは…嫌…」
　ブタ子が私のコートを脱がした。
　ずぶ濡れの制服が冷気にさらされ、さらに寒い。
　ハサミがスカートに入れられる。
　ジョキジョキ切り裂かれ、下着が見えてしまう。
「やだっ。やめてよ！」
　そう叫んでもハサミは止まらない。
　切り裂きながら、ブタ子は楽しそうに笑っていた。
「ヤバッ。楽しくなってきた！　クロアイの命令はムカつくけど、なんか今、超楽しい！　クセになりそう！」
　スカートの後は、ブレザーを切り、ブラウスまで切り始めたブタ子は本当に楽しそう。
　新しいオモチャをもらった子供みたいに、ワクワクしているのが伝わってくる。
　ほかの３人もブタ子と同じ。
　直接攻撃は嫌だとビビっていたくせに、今はギャハハと笑い、悪役を楽しみだした。
　私も楽しかった。
　これからの展開を想像するとおかしくて、４人と一緒に笑いたくなる。
　でも、こらえた。
　必死に笑いを抑え、震えながら涙を流す。
「お願い…もう…やめてよ…。…ううっ…」

「あ〜黒田さんがやっと泣いた〜！」
　そう言って喜ぶのは苺姫。
　ブタ子はまだしつこくハサミを動かしながら、催促する。
「やめてほしいなら、別れると言いな？」
「やだ」
「アハハッ。黒田さん根性あるよね〜。ねぇ双山さん、髪も切っちゃえば？」
　夢キラリ☆の提案に、ブタ子はハサミを止めた。
　顔前にハサミを持ち上げ、ニタリ笑う。
　下着が見えるほど、ズタズタになった制服より、髪の方が切りがいあると思ったみたい。
「黒田さんの髪、とってもきれいだよね。真っ黒で艶々して、毎日トリートメントしてるの？　大事にしてる黒髪…切っちゃお！」
　髪をつかまれ強く引っ張られた。
　耳下辺りの短い位置で、ハサミを構えられる。
「お願いっ！　髪はヤダッ！　ヤメテ──ッ!!」
　私の悲鳴が倉庫内にこだまする。
　それと同時に、シャッターが勢いよく開けられた。
　まぶしい光の方向に、みんなの視線が向く。
　きしむ音を立てシャッターが全開し、飛び込んできたのは、菜緒と柊也先輩。
　黒髪を１本も切ることなく、ブタ子の手からハサミが落ちた。
　カシャンと音を立て床に転がるハサミ。

その音と同時に、私を押さえ込む３人の手も離れた。
　　自由になった私は、床に崩れ落ちて見せた。
「愛美っ!!」
　　白ジャージ姿の柊也先輩が駆け寄り、私を腕に抱きしめた。
「うっ…あああっ…」
　　助けにきた彼にしがみつき、大泣きする私。
　　菜緒は自分のコートを脱ぎ、びしょ濡れの背中に羽織らせてくれた。
　　泣き続ける私を腕に守り、彼はブタ子達４人を、順ににらみつけた。
「お前ら…。テニスの応援しながら、陰でこんなことしてたのか…」
　　ブタ子達に言葉はない。
　　ずぶ濡れズタボロの私。
　　明らかなイジメ現場を押さえられては、言い訳しようがない。
　　柊也先輩の胸に顔をつけながら、チラリ横目で様子を見る。
　　４人とも青ざめ、小刻みに震えていた。
　　今まで地道な応援や差し入れで、積み上げてきた自分の評価。
　　それが、がた落ち、マイナス、奈落の底。
　　恋する彼に軽蔑されたショックは、計り知れない。
　　やっとブタ子が、小声で言い訳し始めた。
「ごめんなさい…。あの…でもこれは…やりたくてやった訳じゃなくて…全部命令されて…」

苦しい言い訳は逆効果。
　柊也先輩の目つきはさらに険しくなり、菜緒は怒りを爆発させた。
「愛美にこんなマネして、何言ってんのよ‼　本当最低、ここまで嫌な奴だと思わなかった！　どうせ、今までのイジメも全部、あんた達の仕業でしょ？　中傷ポスターに、悪口書いたり、上靴盗んだり、どれだけヤレば気が済むのよ！」
「違っ…」
「しらばっくれるのも、いい加減にしな！　全部、柊也先輩に言ったからね。あんた達が愛美にしてきたイジメの全部、さっき私が教えたから！」
　ブタ子達を怒鳴りつけてから、菜緒は、
「ごめん」
と私に謝った。
　"イジメを絶対に彼に言わないで"。
　そう言い続けた私。
　我慢できず、その約束を破ったことに謝っていた。
　柊也先輩の胸から顔を離し、菜緒を見る。
　首を横に振って、私も謝った。
「菜緒…私こそゴメン…。柊也先輩に言えなくて…。菜緒にたくさん心配かけて…ゴメンね…。助けにきてくれて、ありがとう…」
　私を抱える腕に力がこもる。
　息が苦しくなるほど、強く抱きしめられた。
　彼は吐き出すように、こう聞いた。

「中傷ポスター以外、イジメに気づけなかった…。なんで俺に言わなかった？　言ってくれないと、守れないだろ…」
　複雑な声色。
　イジメに気づけなかったことへの悔しさと、隠していた私に、呆れているかのような気持ちも感じる。
　なぜ隠していたのか…。
　それはアナタに深く反省してもらうタメ。
　私と適度な距離を置きたいなんて、そんな愚かな考えを反省してもらうタメ。
　ポロポロと涙を流し、説明した。
「イジメを知られたら、"別れよう"と言われる気がして、言えなかったの…。ごめんなさい…」
「そんなこと、言う訳ないだろ」
「そうかな…。私をイジメる人達全員、"アナタのファン"だよ？　"アナタが好きだから"彼女である私をイジメるの。優しい先輩は、私を守るため、別れようとする…そう思うと怖かった…」
　腕の中で顔を上げる。
　柊也先輩の瞳には、私に対する呆れは消え、代わりに、後悔の色が広がっていた。
　彼の心が透けて見える。
　イジメていたのは…自分のファン…。
　根本的な原因は自分にある…。
　それに気づかず、彼女を責めた愚かな俺…。
　後悔はまだ足りない。

さらに言葉を重ね、彼を追い詰めた。
「柊也先輩、最近、私に飽きていたでしょう？」
「…何言ってんだよ…」
「隠さなくていいです。お昼はたまにしか一緒に食べてくれないし、テニスの応援も毎日はダメって…。デート回数も減っています。気づかない方がおかしいです」
「………」
「だから言えなかった。イジメから私を守るのを口実に、別れを切り出される気がして…すごく怖かった…別れよりイジメの方がいい。私、柊也先輩が大好きだから…。"アナタのファンにイジメられてもそばにいたい"」
　一気に想いを伝え、ボロボロ泣いた。
　先輩はヒドイ男だね。
　一途に想う彼女をほったらかし、ひとりの時間が欲しいと考えて。
　放置した彼女は、イジメられていたよ。
　ファンの子に制服を切られ、大切な黒髪まで切られそうになっていたよ。
　可愛い彼女がこんな目にあったのは、柊也先輩のせいでもあるよね？
　気づかず守れなかったこと、激しく後悔しているよね？
　私の涙を指でふき、自分の愚かさをごまかすかのようにキスしてきた。
　人前でのキスはいつも嫌がる。
　それなのに、今は後ろめたさに、私の機嫌を取ろうとする。

唇を離した後は、シナリオ通りの約束をくれた。
「俺って相当バカだよな…。ゴメンな…愛美に悲しい思いをさせていたこと、やっと今気づいたよ…。確かに適度な距離が欲しかった。けど、それは飽きたからじゃない。
　わかってよ、俺も愛美がかなり好き。別れるなんて言わないし、これからは俺が守るから。ずっとそばにいる。お昼も放課後も休日も、ずっと一緒にいよう」
　筋書通りのうれしい言葉に、パッと表情を明るくし、抱きついた。
　背中に腕を回し、シトラスの香りに顔を埋める。
　"ずっと一緒にいよう"。
　その約束が欲しかった。
　愛し合うふたりに適度な距離は必要ない。
　もっと近くに…。
　どろどろグチャグチャ混ざり合うくらい、近くにいたい…。
　ブタ子達4人に、ラブシーンをタップリ見せつけてから、許してやった。柊也先輩に、
「二度と愛美とテニスコートに近づくな」
　と言われ、4人は肩を落として出ていった。

　その日の夜、桃ラビ達は掲示板上で荒れていた。
　連なるレスには…、
『クロアイふざけんな！』
『あんたのせいでうちら…』
『シカト？出てこいよ！』

クロアイに対する不満が爆発していた。
　彼女達がどれだけ息まいても、掲示板にクロアイは現れない。その代わり———。

　翌日、暗い顔で登校したブタ子。
　目は赤く腫れ、ひと晩泣いた顔をしている。
　そんなブタ子に、いつもお昼を食べている仲良しメンバーが集まり、何があったのかと聞いている。
　自慢の黒髪にクシを通し、菜緒と楽しくおしゃべりしていた私。
　菜緒を待たせて、ブタ子のそばに近づいた。
「来ないでよ」と言いたげなブタ子。
　何もプリントされていない白いDVD１枚を、彼女に差し出した。
「ブタ山さん、コレ、前に見たいと言ってた映画の録画。私は見終わったから、あげるね！」
　明るくにこやかにそう言うと、ブタ子は怪訝そうにする。
　周りの友人達も、私達がいつ仲良くなったのかと、不思議そうだ。
　肉づきのいい手に、DVDを押しつけた。
　肩に手を置き、顔を近づけ、耳元でささやく。
「"桃ラビちゃん"のお陰で、ますますラブラブになったよ。ありがとネ」
　菜緒のそばに戻ると、呆れた目で見られた。
「あんなひどい奴、フォローしてやる必要ないのに…。結

局、イジメを公表しないで許しちゃうし、愛美って優しいよね」

　優しさはゼロだけど、フォローは必要。

　ブタ子に渡したDVDには、イジメ映像が録画されている。

　昨日、柊也先輩に送られ帰宅した後、着替えてすぐに学校に戻った。

　目的は、倉庫内で隠し撮りした、ビデオカメラの回収だ。

　ブタ子達４人の卑劣な行動のすべてが、しっかり録画されている。

　"イジメ証拠DVD"。

　これの原本が手元にある限り、４人は私におびえるしかない。

「え～？　優しくないよ～」

　菜緒に返答しながら、横目でブタ子を見る。

　目を見開き、口をあんぐりと開け、DVDをカタカタ震わせていた。

　"桃ラビちゃん"と呼ばれ、やっとクロアイが私だと気づいたみたい。

　この後、ララたん達３人にも、DVDを渡しにいく予定。

　３人ともきっと、ブタ子みたいなアホヅラして、クロアイの正体に驚くことだろう。

　４人はイイ働きをしてくれた。

　ちゃんとお礼を言わないと。

　私と柊也先輩の、愛を深めるエサとなってくれて、感謝シテルヨ。

第五章
アイノカタチ

12月、重たい雪が降る。

ボタボタ落ちる雪、でも、積もることはない。

アスファルトをダークグレーに染めるだけで、すぐに解けて消えてしまう。

コートに帽子、マフラー、手袋、完全防寒スタイルでテニスコートに向かった。

放課後のテニス部の練習は、もう始まっていた。

今日のフェンス周囲には、数人の女子しかいない。

半月前まで、あんなに女子でひしめいていたのに、ずいぶんと観客が減った。

その理由は、柊也先輩の変化。

今までファンに優しくしていた彼は、"私イジメ"を知り、態度を一変させた。

声をかけられても無視。

差し入れはすべて拒否。

しつこく話しかける女子をギラリにらみつけ、

「邪魔だから帰れ」

と冷たく言い放つ。

ファンの子に急に冷たくなった彼。

でも、私にはとても優しい。

柊也先輩が間近に見える特等席で手を振ると、白ジャージの彼は練習を中断し、駆け寄ってくる。

「今日も応援サンキュ。寒いから、コレ持ってろよ」

そう言って、フェンスの編み目から渡されたものは、使い捨てカイロ。

私の手の中で熱を放ち、温かな幸せ気分を与えてくれた。
　彼にかまわれる女子は、私だけ。
　その笑顔も優しい言葉も、ひとり占め。
　うれしい方向に、彼の態度が変わった理由。
　それは、私への償いの意味もあるが、ほかにも理由があった。
　学校裏サイト"ケンイチ's Collection"。
　数ある掲示板の中の、私の関与しないスレッドに、こんなタイトルのものがあった。
『ひま人集合～俺っちにかまってちょ』
　くだらないひまつぶしスレッドをなにげなく開いてみる。
　すると、"私イジメ"に関するレスが、いくつか書き込まれていた。
『女子コエー』
『ブスどもの逆恨み、ヘビー級』
　非難も同情もない、単なる感想コメントばかりだ。
　"クダラナイ"と一笑したが、"利用価値があるかも"と思い直した。
　そして、掲示板の流れを少々操作してみた。

───────────────

43:クロアイ　12/15 22:24
自分の女ひとり守れない。
彼氏使えね～
白馬の王子？

いやいや、"駄馬の王子"でしょ♪

　そう書き込むとこのスレッドは、柊也先輩批判に向かった。
　彼は女子に人気がある分、モテナイ男子から嫌われ傾向。
　今まで彼をうとましく思っていたブサイク男子どもが、ここぞとばかりに批判する。
　そうしてでき上がった、新イメージは…。
　"彼女すら守れないダメ男"。
　柊也先輩はこのスレッドの存在を知っていると思う。
　口には出さないが、態度を見ればわかる。
　ほら今も、黄色い声援を送るファンの子をギラリにらみつけ、私が、
「頑張って！」
　と言うと、笑顔で手を上げてくれる。
　私だけを大事にしていると、周囲にアピールしているみたい。
　昼休みも放課後も休日も、私といつも一緒にいるのは、イジメから守るためだけじゃない。
　"ダメ男"の汚名返上に、必死なんだよネ。

　すべてが順調だった。
　昼休みは生物化学室にふたりきり。
　人体模型と死骸の標本に見守られ、楽しくお弁当を食べる。
　放課後は毎日テニスの応援。

寒さに鼻先を赤くする私を、練習後の彼が笑いながら抱きしめてくれる。
　ドーナツ食べて帰ろうと誘えば、
「いいよ」
　と言ってくれる。
　ショッピングに行きたいと言えば、休日長時間付き合ってくれる。
　もちろん、彼の部屋で甘い時間も……。
　思い通りの恋愛が進む中、ふと立ち止まり考えた。
　何か…もの足りない…。
　そんな気持ちがする。

　大晦日の夜、ひとり自分の部屋にいた。
　廊下から、
「愛美ー。年越し蕎麦食べるー？」
　と母の声がする。
「太るからいらない」
　と返答し、ピンクのカーテンを勢いよく開けた。
　壁を埋める、何十人もの柊也先輩。
　私の大事なコレクション。
　この壁と向かい合う時、いつも心が満たされた。
　喜び、満足感、征服感…。
　そんな感情で自然と笑みがこぼれた。
　でも、今日は笑えない。
　私の中で「モノタリナイ」と声がする。

お気に入りの写真をジッと見つめた。
テニスの試合中の彼は、恐いほどに真剣だ。
目がギラつき、ボールしか見えず、勝利しか考えていない。
そうだ、満たされないのはこのせいだ。
この目が好き。
こんな目で私を見てほしい。
愛してくれるだけじゃ、モノタリナイ…。
私しか見えず、私のことしか考えられない。
そうなってくれないと…。
ギラつく視線を向けてもらうには、どうすればいいのかな……。

1月、冬休みが明け、今日は新学期初日。
菜緒が登校してきた時、私は珍しく本を読んでいた。
冬休みに図書室で借りた本が2冊。
タイトルは、
『私、結婚しました』
『ノサップ岬心中』
もう少しで読み終わるので、昼休みに返却にいく予定。
菜緒がコートを脱ぎ、苦笑いしながら言う。
「なんて本読んでんのよ…。結婚と心中？　両極端だね」
そうだろうか…。
"結婚"と"心中"が対極にあると思えない。
冬休みの間、"究極の愛"とは何かと、ずっと考えていた。
結婚して愛する人の子供を産む。

第五章 アイノカタチ >> 171

　それも愛の形。
　愛に悩み、断崖絶壁から身を投げ、永遠にひとつになる。
　それも愛の形。
　究極の愛がどんな形をしているのか、この本を読んでもまだわからない。
　でも——。
　ページをめくる時、指を切ってしまった。
　メスで切ったみたいに鋭利な切り口。
　そこから真っ赤な血液が溢れ出し、人差し指を伝い流れ落ちる。
　その血をなめながら、菜緒に笑顔を向ける。
「結婚と心中、愛の形は違うけど、どっちも究極だと思わない？　ステキだよね…」
　心なしか、菜緒の顔が青ざめて見える。
　脱いだコートがバサリと落ちると、菜緒はハッとしてカバンから絆創膏(ばんそうこう)を取り出し、指先にまいてくれた。
「愛美の笑顔って…時々恐いよ…」
　そんな言葉を添えて。

　その日の放課後、部活を終えた柊也先輩と校門を出る。
　マックに寄りたいと言うと、笑顔でOKしてくれた。
　駅前の大通りは、帰宅途中の会社員や学生で混み合っている。
　マック店内もにぎわい、いろんな制服の高校生で溢れている。

１階も２階も空席はなく、みんなおしゃべり目的だから、待っていてもあきそうになかった。
　あきらめて店を出た。
　私も先輩もバイトをしていないので、高い店には入れない。
　放課後寄るのは、マックかドーナツ屋が精いっぱい。
　マック店内でポテトの匂いを嗅いだため、いっそうお腹が空いてしまった。
　でも席がなければ仕方ない。
　あきらめて帰ろうと歩き始めた時、チラシ配りのお姉さんに、こんなチラシを渡された。
『パスタ屋POPOS、新装開店！
　開店当日のみ、パスタ全品500円！』
　専門店のパスタが500円で食べられる…。
　これはマックに空席がなくてラッキーとばかりに、顔を見合わせ笑った。
　ウキウキしながらパスタ屋に向かう。
　大通りから中通りに入り少し歩くと、目的の店を見つけた。
　オフィスビル１階に入るその店は、オシャレで大人向けのシックな外観。
　貼られているメニュー表の通常価格は高め。
　開店特別価格の今日以外、来ることはなさそうだ。
　中に入る。
　混雑しているが、空席はあった。
　にこやかな店員に案内され、奥のふたり用テーブルへ。
　席に座り、メニュー表を見る私。

柊也先輩は周囲を見回し、
「あ…」
　小さな驚きの声をもらした。
　彼の視線をたどると、テーブルをひとつはさんだ横並びの席に、白いセーラー服３人組がいた。
　ひとりは、肩までのふんわりウェーブの美人。
　由梨…ではない。
　清宮鈴奈、柊也先輩の元カノだった。
　柊也先輩は、席に着いてから気づいたようだが、向こうは先に気づき、こっちをにらみながらヒソヒソ話している。
　彼は元カノの方に斜めに背を向け、私にメニューの相談をする。
　ふだんの彼はメニューに悩んだりしない。
　即断即決タイプなのだが、今日は違った。
「ナスとトマト、いやボンゴレ…どうしようか…愛美は？」
　珍しくメニューを相談する彼。
　明らかに動揺している。
　私の注意をメニューに引きつけ、元カノの存在に気づくなと言いたげに見える。
　ひとつテーブルをはさんだ右横から、清宮鈴奈達の会話が聞こえる。
「鈴奈の元カレ、最低だよね。鈴奈があんなことする訳ないのに、なんで信じないかな…」
「正誤もわかんない、その程度の頭だってことでしょ？　ケンイチ高だもん、レベル低いんだよ。鈴奈、別れて正解だ

よ」
「ふたりとも、ありがとう。私のことでずいぶん心配かけたよね。もう平気だよ。顔見ても何も感じない」
　やっとメニューが決まり、店員を呼び寄せ注文する。
　柊也先輩が、コップの水を一気に半分飲む。
　のどが渇くだろうね…。
　今カノと元カノにはさまれ、気まずいだろうね。
　必死に平静を保とうとする彼に、こう言った。
「柊也先輩、元カノさんにあいさつしなくて、いいんですか？」
　口にした水を吹きそうになり、ムセていた。
　先輩と付き合う以前、鈴奈の写メを一度だけ見せてもらった。
　私と鈴奈の接点がソレしかないと思い込む彼は、私が元カノの存在に気づいたことにひどく驚いていた。
「あ、あいつのことは…もう済んだことだから…」
　そう言って目を泳がせた後、苦い顔をする。
　きっと鈴奈の"イケナイ写真"と、その後の激しいケンカと別れを思い出し、嫌な気分になっているのだろう。
　私達と鈴奈の間の客が、食事を済ませて席を立つ。
　そうなると、さらに意識してしまう。
　お互いの会話もハッキリ聞き取れる。
　気まずそうな柊也先輩の前に、パスタが運ばれて来た。
　私はカルボナーラ、彼はボンゴレビアンコ。
　今日は500円だが、正規の値段が1200円するだけあり、

おいしかった。
「とってもおいしい！」
　と喜ぶ私に、彼は、
「ああ…」
　とひと言。
　味がわかっているのか怪しい。
　早く胃袋に収めて帰りたい…。
　そんな声が聞こえてきそうだ。
　急いで食べる彼と逆に、私はゆっくりパスタをフォークにまきつける。
　おいしいパスタを、しっかり味わいたい。
　ぴりぴりギスギスした雰囲気も、ゆっくり味わいたい。
　鈴奈と友人ふたりは、パスタを食べ終え、デザートメニューを開く。
　ケーキを選びながら、こんな会話が聞こえてきた。
「鈴奈、あの人とどうなってる？」
「どうって…別に何もないよ…」
「嘘うそ！　この前、デートに誘われていたよね？　あの人、イイと思うな〜住吉財閥の御曹司！　そんな人に好かれる鈴奈って、スゴイよね〜」
「うんうん、やっぱり男は将来性が大事。顔だけよくてもダメ。偽造写真を信じるバカ男は、鈴奈と釣り合わない！御曹司いいな〜ウフフ」
　わざとこっちに聞こえるように、声高に話す彼女達。
　何が"ウフフ"だ、気持ち悪い。

鈴奈の現在進行形の相手は御曹司？
　柊也先輩と別れてよかった？
　ずいぶんムカつくこと言ってくれるね…。
　まだ半分残っているカルボナーラの皿と、柊也先輩の空になった皿を交換した。
「食べないの？」
「もうお腹いっぱいなので、先輩にあげます。私は…元カノさんにひと言あいさつしてきます」
「え？　愛美！　待っ…」
　鈴奈達は優雅にケーキと紅茶を楽しんでいた。
　500円だからと喜ぶ庶民と違い、白蘭女学院のお嬢様は、1000円のケーキセットを平気でつける。
　それもムカつく。
　私を止めようとする彼の手をかわし、すばやく鈴奈の横に立つ。
「鈴奈さん、お久しぶりです！　由梨の友達の愛美です。覚えていますか？」
　排除計画実行前、由梨に会いにいき、鈴奈と少しだけ話をした。
　彼女は私を覚えていた。
　"さすが柊也先輩の彼女さん！　憧れちゃうな～"。
　さんざんほめちぎったことも覚えていた。
　にらむ友人ふたりと違い、鈴奈は薄笑いで余裕の顔。
「由梨ちゃんのお友達だった愛美さんね。よく覚えているわ。柊也の今の彼女は、アナタなのね？」

「はい！　素敵な柊也先輩に愛され、とっても幸せです！　あ…すみません…。鈴奈さんは、柊也先輩にフラれたのに…私ったら……」

　鈴奈の悔しがる顔を見たかった。

　それなのに彼女は、お嬢様スマイルでこう返す。

「気にしないで、私、よかったと思っているの。あんな男と付き合いが切れて。あら…私もごめんなさい。あなたの彼氏に"あんな男"と言ってしまって。ふたりはとってもお似合いよ？　フフッ」

　ふーん…。

　きれいなだけのお嬢様かと思ったら、そんな返しもできるのか…。

　でも…。

　黒さで勝とうとしても無理だヨ。

　現にあんたは、私の黒さに一度負けたじゃない。

　優雅に紅茶を飲み、友人達とクスクス笑う彼女。

　私も一緒に笑いながら、パチンと手を合わせ喜んで見せた。

「よかったー！　鈴奈さんがフラれたショックから立ち直れなかったらって、心配してたんです。そうですよね、お嬢様の鈴奈さんには、金持ちの御曹司がお似合いですよね！　親が金持ちなだけで、自分は何の努力もせず、偉そうにふんぞり返る…そんな無能でブサイクな御曹司がお似合いです！　きっとその人の代になったら、会社つぶれますね〜。もしくは有能な部下にのっ取られる？　ウフフフ」

　今笑っているのは私だけ。

クスクス笑っていた友人も、鈴奈も真顔になる。
　鈴奈のポーカーフェイスをやっと崩した。
　"悔しい"という本音がもれるその顔に、喜びが込み上げる。
　勝者は私、敗者は鈴奈。
　優越感をもっと楽しみたかったが、柊也先輩に腕をつかまれ引き戻された。
　私のあげたカルボナーラは、少しも減っていなかった。
「帰るぞ」
　柊也先輩はそう言って、右手にカバンと伝票、左手は私の腕をつかんだまま出口に向かった。
　帰り道、彼は無言で、終始不機嫌。
　夜に入り、辺りはすっかり暗くなっていた。
　一応家まで送ってくれたが、やはり言葉はなく、背を向けられた。
　帰ろうとする彼の腕をつかみ、引き止めた。
「柊也先輩、怒ってますよね？　すみませんでした…。でも私、先輩が悪く言われるのに、我慢できなくて…」
　申し訳なさそうにそう言うと、ふり返り、やっと私を見てくれた。
　その目はまだ怒っている。
　ただ、私と鈴奈の言い争いについての怒りじゃないみたい。
　彼は疑惑の目を向け、こう言った。
「愛美が鈴奈と知り合いだったのは驚いた。いつ知り合った？　元々知り合い？　それを隠してたのか？」

怒りの理由はそこにあった。
私と鈴奈に接点はないと思っていたのに、なぜか「お久しぶりです」と話しかけた私。
自分の知らないところで、接触されていたのが、気に入らないらしい。
なんだ…。
そんなことに怒っていたのかと、吹き出しそうになった。
そんなちっぽけな秘密、どうでもいいじゃない。
アナタに言えない大きな秘密は、ほかにたくさんあるのにネ……。
笑いそうになり慌ててうつむき、表情を隠す。
ボソボソと、消え入りそうな声で弁明した。
「先輩と鈴奈さんが付き合っていた時、一度だけ話をしました…。中学の友達が、白蘭に通っているんです。校門で待ち合わせていたら、友達と鈴奈さんが一緒に出てきて…。偶然なんです。私も驚きました。先輩にそのことを言えなかったのは、私がわざわざ会いにいったと思われたくなくて…。隠していて、本当にごめんなさい…」
"偶然"と言われたら、怒る訳にいかない。
過去に鈴奈と会話していたことも、白蘭に通う昔の友達に、急に会いにいったことも、鈴奈の"イケナイ写真"を、長い黒髪の女の子が届けたことも、全部偶然。
もちろん、パスタ屋でバッタリ会ったこともね。
怒られるような落ち度は、ひとつもナイヨ。
柊也先輩は大きく息を吐き出し、私の頭に手をのせた。

うつむく顔をそろそろと上げ、上目遣いに見上げると、彼はクスリと笑っていた。
「偶然か…。それは怒れないよ。大丈夫、そんなにおびえなくていいから」
「本当に…？」
「ああ、変にカンぐってゴメン。愛美は裏のある子じゃないのにな。久しぶりに鈴奈に会って、女不信ていうか…そんな疑う気持ちが蘇りそうになってた。悪かったよ。愛美のことは信じてる」
　"信じてる"と優しく言われ、怖がる素振りを消した。
　パッと満面の笑みを向けると、彼のほおが少し赤くなった。
　腕を引かれ、家と家の隙間の狭い路地へ。
　私を囲うように壁に手をつき、キスしてくる。
　彼が食べたパスタはボンゴレ。
　ここでやっと味見することができ、うれしかった。
　唇を離した彼は、笑いながら言う。
「鈴奈に食ってかかった時、あせったけど、実はうれしくもあったんだ。俺のために、無理して悪ぶる愛美が、スゲェ可愛かった」
「あ…あれは…私らしくないですよね…恥ずかしい…。でも、愛のためなら、私はいつでも悪女になりますよ？」
「ハハッ、大歓迎！　悪女な愛美も、愛してる」
　今日は、500円パスタ屋に行けてよかった。
　鈴奈に"あんな男"呼ばわりされ、やっと柊也先輩も吹っ切れたみたい。

鈴奈への心残りはゼロになり、私への愛が増している。

次に彼の部屋に行ったら、こっそりクローゼットを開けてみよう。

私が底を切り裂いたあの箱、元カノグッズを入れた白い箱は、きっと処分してあるはず。

捨てる時に誰が底を破ったのか…。

私の顔が浮かぶかもしれないけど、大丈夫。

悪女な私も、愛してくれるから…。

２月、学年末テスト期間中。

今日は３教科のテストを終え、昼前に学校を出た。

テスト期間に部活はない。

長い放課後を、柊也先輩と一緒に過ごせるのがうれしかった。

いつもは学校に置きっぱなしの教科書を、カバンにパンパンに詰め、まっすぐ彼の家へ。

最近ベッタリ一緒にいる私達、明日のテスト勉強も当然一緒にする。

行き慣れた彼の家に入る。

平日の昼前に家族はいない。

うちもそうだが、彼の両親も共働きだ。

ふたりきりになれるのもうれしくて、心が弾んだ。

「腹減ったな」

とつぶやいて、柊也先輩がリビングに入っていく。

食卓テーブルに、炒飯２皿と、卵スープが鍋ごと置いて

あった。
　先輩のお母さんは、私が来ると予想し、ふたり分の昼食を作り置きしてくれたみたい。
　何度も通う内に、母親とはすっかり親しくなった。
「今度一緒にショッピングに行こう」
　と誘われるし、冗談めかして、
「いつお嫁に来るの？」
　と聞かれた。
　高い好感度は、日々の努力の成果。
　つまらないオバサントークに、嫌な顔せず付き合っている。
　休日遊びにいくと、柊也先輩の部屋にこもらず、必ずリビングに顔を出している。
　いつも明るく笑顔で、
「柊也先輩のお母さん！」
　と呼びかける私。
　自分に懐く女子高生は、可愛いらしい。
　食卓テーブルに向かい合い、温め直した昼食を食べる。
　炒飯を食べながら、新婚みたいだとうれしくなり、ついニヤニヤしてしまう。
「愛美？　やけにうれしそうだな。この炒飯、そんなにうまいか？」
「はい！　先輩のお母さんは料理上手ですよね。とっても、おいしいです！」
「そう？　よかったな」
　ニンジン、タマネギ、卵…。

平凡な具材で平凡な味の炒飯だった。
　卵スープも普通。
　可もなく不可もない。
　いや、炒飯にも卵を使っているから、卵の摂りすぎで不可かも。
　それでも平凡な昼食を、満足して食べた。
　母親の料理の腕が、平凡でよかったと思う。
　彼女が料理上手なら、嫁に来た私が苦労する。
　この程度の味つけは、すぐにマスターできそうだ。
　未来に思いを馳せ、ニコニコしながら言う。
「今度、先輩のお母さんに料理教わろうと思います！　先輩の家の味を覚えて、お嫁に来た時困らないように」
　柊也先輩が、のどに炒飯を詰まらせた。
　苦しそうな彼。
　コップの緑茶を一気に飲み干し、息を吐きだした。
「私…。何か変なこと言いましたか？」
「ん…うーん…。ずいぶん先のこと考えてるから、驚いてさ…」
　ずいぶん先？
　嫁に来るのが？
　私にとってすぐそこにある景色が、彼にとって遠いらしい。
　自他ともにラブラブと認める私達。
　邪魔するものは何もない。
　次に進むのが当然なのに〝ずいぶん先〟なんて、柊也先輩の方こそおかしなことを言う。

昼食を食べ終え、彼の部屋で真面目に勉強した。

ローテーブルを出し、向かい合い、それぞれの教科書を広げる。

私の学力は中の中。

親や先生に、うるさく言われない程度の学力があればそれでいい。

高校卒業後、進学したいと思わないし、勉強より美容に時間を費やしたい。

一方、柊也先輩は、ケンイチ高校の中では頭がいい。

ふだんテニス漬けの生活だけど、テスト前はこうやって真面目に勉強している。

真面目に勉強するということは…。

大学進学希望なのだろうか？

今まで進路の話をしたことがなかったが、柊也先輩は4月から3年生になる。

きっとだいたいの進路は決めているはず。

受験勉強で遊ぶ時間が減るのは嫌だな…。

その程度の気持ちで、軽く聞いてみた。

「柊也先輩は、大学に進学するんですか？」

「うん」

「そうですか…春から受験生になっちゃいますね…。どこの大学ですか？　S大？　K大？」

口にした大学名は、地元の大学。

自宅から通える範囲の距離にある。

遠い大学は頭になかった。

この家から通う、それが当たり前だと思っていた。
それなのに……。
話しながら、ノートに英単語を書いていた彼が、シャープペンシルを置き、私を見た。
それから、少し言いにくそうにこう言った。
「まだ本決まりじゃないけど、東京に出ようと思ってる。東京のＳ大…。そこそこテニスが強くて、俺の学力でも、頑張れば入れそうだからさ…」
東京に…出る…？
そんなこと聞いていないし、私の未来年表にも書かれていない。
言葉を失う私。
彼は済まなそうに言った。
「大学に行くと遠距離恋愛になる…。さみしい思いをさせるけど…わかって…」
私に遠距離恋愛は無理だ。
大学に行けば、浮かれた女子大生どもが彼に群がるだろう。
そいつらを排除するのに新幹線で毎週通うのは、時間もお金もかかりすぎる。
どうしようと考え込んだ。
無言の私の手を握り、
「大丈夫だよ」
と彼は身勝手なことを言う。
東京に出たい彼。
遠距離恋愛が無理な私。

両者の願いを叶えるには…。
　ひとつしか方法がない。
　ひらめいた考えを、笑顔で話した。
「いいこと思いつきました！　離れなくても大丈夫な方法！　来年、先輩が大学生になったら、私も東京に行きます！」
「…え？　愛美はまだ１年高校が…」
「やめます！　中退して東京で先輩と一緒の部屋で暮らします。アルバイトして、家賃は半分払いますから」
　柊也先輩のいないケンイチ高に、何の未練もない。
　将来は彼のお嫁さんになる。
　就職も進学も、私にとってどうでもいい話だ。
　来年春から一緒に暮らせると思うと、うれしくなった。
　そうと決まれば、テスト勉強する意味もない。
　どうせ中退するのだから。
　ノートと教科書を閉じる私。
　彼は驚き慌てていた。
「落ち着け！　愛美、よく考えて！　それはダメだ！」
「ダメ？　どうして？」
「同棲は…ちょっとな…。古い考えかもしれないけど、俺、結婚もしないで一緒に暮らすとか…そういうの、嫌なんだ…」
　さすが柊也先輩。
　同棲を提案した私より、もっといいアイディアを出してくれた。
　うれしくて、興奮気味に言った。

「結婚ですね！　もちろんOKです！」
「えっ!?」
　今は２月。
　４月になれば誕生日を迎え、彼は18歳になる。
　法律上結婚できる年齢だ。
　私はとっくに16になっているから、問題ない。
　そうだ、それがいい！
　来年春になったら、入籍して…。
　いや、いっそのこと、今年の４月、彼の誕生日に入籍してもいいよね。
　頭の中に、幸せなスケジュールが組み直された。
　４月に結婚。
　この家に１年暮らし、来春、妻として柊也先輩の上京についていく。
　素敵なスケジュールを、笑顔でペラペラ語った。
　テーブル上で繋いでいた手を、パッと離された。
　ご機嫌な私と、なぜか青ざめる先輩。
　まだ未来を語り続ける私に、彼は怖ず怖ず言う。
「あ、あのさ…。愛美には高校を卒業してもらいたいし、それに…結婚はまだ、考えていないからさ……」
「……」
「愛美？　聞いてる？」
　そんな言葉は、耳に入らない。
　頭の中は"結婚"の２文字でいっぱい。
　いそいそと教科書をカバンにしまい、立ち上がる。

「先輩、今日はやること思いついたので、帰ります！」
「そ、そう？　よかっ…いや、また明日な」
　コートを着て外に出る。
　冷たい風が吹いているが、澄み渡る青空がきれいで気持ちよかった。
　足取り軽く、バス停に向かう。
　これから役所に行って、婚姻届をもらってこよう。
　本屋でブライダル情報誌も買わなくちゃ。
　チャペルと神前式、どっちがいいかな？
　ウェディングドレスも着たいけど、このきれいな黒髪には、和装の方が似合うかも。
　披露宴に呼びたい人はたくさんいる。
　元カノ、清宮鈴奈。
　ブタ子こと桃ラビとその仲間達。
　元テニス部マネージャーでカラーピン女子の、中沢亜子。
　元友達、使用済みの由梨も呼んであげようかな。
　バス停に着いた。
　赤ちゃんを抱っこした女性が、バス待ちをしていた。
　母親に抱かれ、スヤスヤ眠る乳飲み子の顔は…。
　ブサイク。
　声をあげ笑ってしまうと、母親がふり返り、眉を寄せる。
「とっても可愛いですね」
　無害さを装い、ニコリ微笑む。
　警戒を解き、彼女もつられて微笑んだ。
「ありがとう。赤ちゃんの時って、どの子もみんな可愛い

のよ。女子高生さんも、いつかきっと、可愛い赤ちゃんを産めるはずよ？」
　バスの待ち時間、初対面の母親とにこやかに会話しながら、思っていた。
　あんたのブサイクな子供と、私の未来の子供を一緒にするな…。
　私と柊也先輩の子供なら、世界で一番可愛い顔をしているはず。
　結婚は決まったも同然だけど、赤ちゃんも欲しくなってきた。
　理想に向け、どんどん進む私。
　私の愛は、止まらナイ…。

　2月中旬。
　10日前の、学年末テストの答案用紙が返ってきた。
　初日の3教科以外、まったく勉強せずにのぞんだ結果、過去最悪の点数だった。
　担任に呼び出され、
「何かあったのか？」
　と心配される。
　担任の油っこい間抜けヅラを見ながら、笑顔でこう答えた。
「はい、"何か"ありました。うれしい楽しいことが、たくさんありました！」
　毎日楽しくて仕方ない。
　ブタ子に朝のあいさつする時、

「ブタ山さん、背中のお肉がはみ出してるよ？」
　と言うべきところを、
「春香ちゃん、今日もぽっちゃりで可愛いね」
　と言ってしまうくらい、楽しかった。

　昼休みになった。
　今日のお昼、柊也先輩はテニス部ミーティングがあると言うので、久しぶりに菜緒とふたりでお弁当を広げた。
　今日のお弁当は早起きして自分で作った。
　いつまでも母に甘えていられない。
　これから私が、妻となり母となるのだから。
　焦げた卵焼きを幸せそうにほお張る私に、菜緒が言う。
「愛美…結婚の話、まさか本気じゃないよね？」
　幸せスケジュールは、とっくに菜緒に報告済み。
　"本気じゃないよね？"。
　と聞かれたということは、今まで冗談に思われていたのか。
「本気だよ。だってプロポーズされたもん。"結婚していないと、東京で一緒に暮らせない"。そう言われたよ？　あ、またうれしくなってきた。フフフッ」
　うれしさが笑いとなり、こぼれ落ちる。
　そんな私に、菜緒はなぜか哀れみの視線を向け、
「それ…プロポーズじゃないと思うよ……」
　そんなおかしなことまで言ってくる。
　手作りミートボールに、ブスリと箸を突き立てた。
「菜緒…私の結婚に文句あるの？　反対？　喜んでくれな

いの？」
　笑みを消し、真顔でじっと見つめる。
　菜緒はビクッと肩をゆらした。
「その顔怖いって…。反対してないよ。夢が叶ってよかったね。ただ、本当に結婚できるのか、心配してるだけ…」
「ふーん、心配してるんだ。全然問題ないのに。すべて順調だよ」
　反対していないと言うので、箸に突き刺した手作りミートボールを、口に入れてあげた。
　モグモグ口を動かす菜緒。
「私の手作り、おいし？」
「……ソースの味はいいけど、中がネチョッとしてる」

　放課後。
　まだ寒い外気温の中、いつものようにテニスコートへ。
　白ジャージ姿の彼に手を振ると、練習を中断し私に近づいてきた。
　またカイロをくれるのかと思ったが、今日は違った。
「あのさ、愛美のイジメ、もうおさまってるよね？」
「はい。今日も何もされなかったです」
「そう、よかった。じゃあさ、悪いけど今日は、別で帰ろ？」
　イジメがなくなり守る必要はなくなった。
　またひとりの時間が欲しいと、ふざけたことを言うつもりか…。
　上目遣いでジットリ無言で見つめると、柊也先輩が慌てた。

「変な理由じゃないよ！　あいつに、相談あるって言われてさ。男同士の話。帰りにあいつの家に寄る約束してるから…。だからゴメンな。今日だけは別で帰ろうな」

　まだ"いい"と言ってないのに、勝手に話を切り上げられた。

　練習に戻る柊也先輩。

　"あいつ"と言われたのは、彼の隣でラケットを振る、テニス部２年の男子。

　その人が、
「俺の相談じゃなく、お前の相談だろ？」

　そう言って、慌てた柊也先輩に口をふさがれている。

　こっちを気にしながら、何かをごまかし笑う先輩。

　それを見て、笑顔で手を振り、テニスコートを後にした。

　そうか…。

　"相談"というのは、柊也先輩の相談なのか。

　その内容は間違いなく、"結婚"についてだろう。

　私が菜緒に話したように、彼だって、喜びを友達に話したいよね。

　そんな理由なら、"別に帰ろう"と言われても許してあげる。

　幸せ気分を友達に話し、気持ちを盛り上げてくれるのはうれしいから。

　ひとりの帰り道、歩きながらメールを打つ。

　駅に着く前に、返信が返ってきた。

sub：OK♪

あと30分で仕事上がるから、西町のイオンで待ち合わせ。
いいかな？
買物から一緒にしよう♪

そのメールの送信者は、柊也先輩の母親。
先週の日曜日、料理を教えてほしいとお願いしたら、喜んでOKしてくれた。
そしてさっき、
《夕飯の支度を一緒にさせてください》
とメールし、了解を得たところ。
大型スーパーマーケットで待つこと10分。
パリッとしたスーツとコート姿の、柊也先輩の母親がやってきた。
彼女は保険の外交員。
朝から夕方まで、平日毎日働いて大変だよね。
私が嫁に行けば、家事を分担できる。
まだ結婚の話を伝えていないけど、喜んで迎えてくれると思う。
「お待たせ。ごめんね、遅れちゃった」
「ふふっ、いいですよ。お仕事お疲れ様です」
「そうなの、疲れた〜。でも、今日の夕飯の支度は、愛美

ちゃんが手伝ってくれるから、苦じゃないね。おばさん、張り切って教えちゃう！」
　近々"お義母さん"と呼ぶ予定の彼女と、メニューの相談をしながら楽しく買物する。
　今晩はビーフシチュー。
　この前の炒飯は平凡な味だったが、ビーフシチューはどうだろう？
　柊也先輩の好物というので、しっかり覚えないと。

　買物を終え、柊也先輩の自宅へ。
　彼の母親と並んでキッチンに立つ。
　食材と一緒に買った、おそろいのエプロンを着る。
　そうすると、仲良し嫁姑に近づいた気がした。
　料理中、積極的に話しかけた。
「タマネギが目に染みて…」
「くし切りって、こんな感じですか？」
「わっ！　吹きこぼれた！　柊也先輩のお母さ～ん、助けてください！」
　頼りにされると、彼女は喜ぶ。
　楽しそうに笑いながら、
「こうやるのよ」
　と教えてくれた。
　ふたりでキャッキャとはしゃぎながら、夕食を作り上げる。
　完成間近のビーフシチューの鍋をかき回している時、父親が帰ってきた。

柊也先輩と似た顔の父親は、ハンサムな中年男性。
　若さが消えても、爽やかさを失わず、"オッサンでも、この人となら寝てもいい"と思わせる風貌だ。
　柊也先輩の未来像はこんな感じだろう。
　世の中には消えてほしい汚いオヤジがうじゃうじゃいるが、彼は歳をとっても、そんな風に絶対ならない。
　父親を見て、それを確信している。
　父親とも数回顔を合わせ、会話したことがある。
　よその家の夕食時に、エプロン姿でキッチンに立つ私を、父親はすんなり受け入れ笑ってくれた。

　それから１時間後、玄関でもの音がした。
　リビングの扉が開き、柊也先輩が入ってくる。
　友達の家に"相談"しにいっていた彼は、いつもより帰宅が遅い。
「ただいまー。いい匂い、腹減っ……」
　制服姿の彼は、私を見て驚いた。
　予想外の光景に、言葉を失い、固まっている。
　４人がけ食卓テーブルには、ビーフシチューとグリーンサラダ、酒のつまみが数種類。
　両親は赤ワインを飲み、赤ら顔で笑っている。
　夕食に同席するのは、いるはずのない私。
　エプロン姿で、楽しく会話し、ビーフシチューを食べていた。
「あ、柊也先輩お帰りなさい！　遅いから、先に食べてま

したよ？」
　椅子から立ち上がり、台所へ向かう。
「先輩、手洗いうがいしてくださいね。今、ビーフシチュー温め直しますから」
　息子の夕食をいそいそ準備する私を見て、酔った父親が言った。
「やっぱり、女の子はいいよな〜。息子ひとりより華がある。なあ母さん、今から娘を作るか？」
　グラスワインをグビリ飲み、母親が笑いながら、父親の背中をバシバシ叩く。
「こんな歳で、産めるわけないでしょ？　大丈夫！　娘ならそこにいるじゃない。ねー愛美ちゃん、いつお嫁に来る？明日？　明後日？」
　湯気立つビーフシチューを真っ白な皿に入れ、テーブルに置いた。
　彼の夕食を整えて、座り直し、はにかみながら答える。
「お嫁さんですか？　え〜明日は無理ですよ〜。柊也先輩が18歳になったら、お嫁に来ますね。お義父さん、お義母さん、よろしくお願いします！」
　空のグラスにワインを注ぐと、父親はうれしそうにこう言った。
「"お義父さん"か！　うれしい響きだな〜。愛美ちゃんはイイ子だな。明るくて素直で可愛い！」
　母親の空いた皿に、サラダを取り分け、ドレッシングをかける。

彼女も楽しそうに、こう言った。
「こんなにできた子が、うちの息子と付き合ってくれるなんてね〜。愛美ちゃん約束だよ？　うちに嫁に来てよ？　柊也に飽きて、ほかに行かないでよ？　アハハハッ！」
　お義父さん、お義母さんに、"お嫁に来て"と頼まれちゃった。
　"家族４人"で囲む食卓は、にぎやかで温かい。
　終始笑顔で話題のつきない私達。
　その中で柊也先輩だけは、口数少なく、黙々と食べていた。

　夜９時を回り、帰ることにする。
　外は真っ暗、当然柊也先輩に送ってもらう。
　無言の彼に腕をからめ、上機嫌な私は話し続ける。
「今日は楽しかったな〜。お義母さんとおそろいのエプロンで、一緒にお料理。お嫁さん気分で最高！　先輩の好きなビーフシチュー、完璧マスターしました。また作りにいきますね？」
「………」
「お義父さんといっぱい話せたのもよかった〜。爽やかでダンディーですよね。さすが柊也先輩のお父さん！　あれ？　逆？　素敵なお父さんに似ているから、柊也先輩も素敵なんですね！　ウフフ」
「………」
「柊也先輩、次の日曜、ブライダルフェアに行きませんか？いろんなホテルでやってるんですけど、私が行きたいとこ

ろは……」
　話しかけても返事はない。
　それでもペラペラ話し続けていると、彼がピタリ足を止めた。
　からめていた腕を、力まかせに解かれる。
「いい加減にしろっ!!」
　急に怒りだす彼。
　なぜ？
　その理由に思い当たらず、首を傾げる。
「言ったよな？　結婚なんて考えてないって。何勝手に話し進めてんだよ!!」
　イラ立つ彼。
　するどい視線がまっすぐ私に向けられる。
　でも私は気づかない。
　にらむ目つきを見ていないし、彼の言葉も聞こえない。
　民家の塀の上で黒猫が１匹、ジッとしていた。
　それに気をそらすことにする。
「ナ゛ー」
　と低く威嚇する声。
　暗闇に潜（ひそ）む何かを見つめ、しっぽと耳をピンと立てる。
　暗い夜道に光る目がきれいだった。
　黄緑色に輝く猫の目は、まるで宝石みたい……。
　にらみを利かせる彼に、笑顔を向けた。
「柊也先輩、猫の目って宝石みたいですね！　私、結婚指輪はペリドットの石がいいです。あの猫の目みたいに黄緑色

の宝石…。今度一緒に、指輪も選びにいきましょうね！」
　彼を置いて歩きだす。
　前へ、前へ、自分だけ。
　足を止めていた彼が追いつき、隣に並ぶ。
　肩を強くつかまれた。
「俺の話、聞けよ！　何、スルーしてんだよ！」
「あっ！　オリオン座だ！　先輩、あそこ、見て見て！」
「愛美っ!!」
　自宅前に着いた。
　険しい顔の彼に抱きつく。
　シトラスの香りを胸いっぱい吸い込み、満足していた。
　その時、玄関ドアが開き、母が現れた。
　抱き合う私達を見て、呆れ顔。
「あんたたち、家の前でイチャつくのはやめなさい。ご近所の目があるでしょ？」
「お母さんただいま！　夕食、食べてきちゃった」
「そういう時は電話1本入れなさい。一応心配するから」
　心配していた割に、パジャマにガウン姿で、お風呂上がりの濡れた髪。
　寝る準備は万端だ。
　柊也先輩が、無言で母に頭を下げる。
　母とは初対面。
　彼がうちに入ったことはない。
「来て」と言わないし、「行きたい」とも言われない。
　母が値踏みする視線を、彼に向ける。

「へぇ、ずいぶんイケメンな彼氏を捕まえたね」
「うん！　学校で一番カッコイイの」
　頭から足先までジロジロ眺め、母は聞いた。
「うちの子、激情型だから大変でしょ？」
「え…？」
「思い込むと、とんでもないことやるから気をつけてね。アハハッ」
　余計なこと言うなと言いたいが、母は昔話を始めてしまう。
　幼稚園時代、お気に入りの男の子の取り合いで、ヒヨコ組のホノカちゃんに、石を投げつけ、メガネを割ったこと。
　小学生時代は、児童会長のカズマ君につきまとい、怖がらせ、最終的には転校させてしまったこと。
　黒い昔話に少しあせったが、軽目の話ふたつでやめてくれたので、何も問題ない。
　柊生先輩の顔が青白く見えるのは、たぶん、月光のせい。
　大好きな彼の首に腕を回し、引き寄せ、唇を合わせる。
「先輩、寒い中、送ってくれてありがとうございます！　もうすぐ一緒の家で暮らせるから、こんな手間はなくなりますネ」
　私と母が家に入っても、彼は玄関前に佇んでいた。
　遠くで、救急車のサイレンが鳴り響く。
　その音でハッと我に返り、彼は逃げるように走りだす。
　その姿を２階の窓から、ジッと眺めていた……。

　数日後の昼休み。

柊也先輩が私を迎えに教室に来た。
　お弁当を手に持ち、笑顔で駆け寄る。
　なぜか彼は何も持っていない。
　母親手作りのお弁当も、コンビニのパンの袋も、何もない。
「柊也先輩、お昼ご飯は？　持ってくるの忘れちゃいました？　だったら、私のお弁当、半分こして…」
　彼は、
「いらない」
　と首を振る。それから、
「話がある」
　と真面目な顔で言った。
　ニッコリ微笑みうなずく。
「私も話があります。4月の入籍まで準備することがたくさん！　ちゃんと相談しないとね！」
　笑顔の私と違い、彼の表情は冷めていた。
　お昼をいらないと言うし、体調が悪いのかと心配した。
　冷え切ったふたつの瞳が私を見る。
　形のいい唇からこぼれたのは、こんな言葉。
「結婚じゃない。付き合いについての話がしたいんだ」
　"付き合いについて"の話がしたい…。
　低く吐き出すように言われた言葉に、スッと笑みを消した。
　一瞬、彼がひるむ。
　口元だけ、薄笑いを戻してあげたけど、内心、くだらないと呆れていた。
　私が話したいのは"結婚"について。

入籍や式場予約、招待客選び。
　ブライダルフェアを見にいき、衣装を試着し、髪型やブーケや料理…。
　そんなことを話し合いたい。
　今さら"付き合いについて"話してどうなるの？
　くだらない。
　理想の愛に向け、1段1段階段を上る時なのに、下がることは許さないヨ。
「痛いっ…」
　急にうめいてうずくまる。
　手からお弁当袋が落ち、床にゴロリと転がった。
「お腹痛い…。菜緒っ、菜緒、こっち来て！」
　大声で呼ぶと、ほかの女子とお昼を食べていた菜緒が、隣に来た。
「愛美？　急にどうした？」
「お腹痛くて…動けな…。ごめん、保健室まで連れていって？」
「え…でも…」
　菜緒は、柊也先輩と私を交互に見て、困り顔。
　保健室に連れていくのはいいが、
「なぜ彼に頼まず私に？」
　と言いたげだ。
「俺が連れていくよ…」
　ため息混じりの声が聞こえ、腕をつかまれた。
　その手を振り払い、菜緒にしがみつく。

「柊也先輩はいいです。自分のクラスに戻ってください。私、保健室に行った後、早退しますので、一緒に帰れませんから」

　菜緒を引っ張り、足早に保健室へ行く。

　"職員室にいます"の札がかかり、保健の先生は不在だった。

　３つのベッドは誰も使っていない。

　窓際のベッドにもぐり込み、頭まで布団を被った。

　ベットサイドで菜緒が聞く。

「仮病でしょ？　さっき何があった？　ケンカ？」

「ケンカじゃない。ラブラブだもん。後２ヶ月で結婚するもん」

　ベッドが沈む。

　菜緒が私の横に座ったのがわかる。

　小さなため息をつき、菜緒は静かに話しだす。

「最近の愛美、少しおかしいよ…。高校生の結婚は普通じゃない。愛美がひとりで突っ走ってるだけでしょ？　柊也先輩のさっきの顔、明らかに怒っていたよね…。結婚なんてバカなこと考えるのやめな…。せっかくうまく付き合っているのに、壊れちゃうよ…」

「………」

　私が無言なのをイイことに、菜緒は調子にのり、説教を続ける。

「謝って仲直りしな。もう結婚の話はしませんと言えば、きっと許してくれるから」

「………」
「愛美、ねぇ愛美ってば…。友達だから、心配して言ってるんだよ？　ほら、顔見せなよ。涙ふいてあげるから」
　菜緒は布団をはがそうと手をかける。
　その前に自分から布団を跳ねのけ、起き上がった。
　ケンカして、泣いていると思った菜緒。
　鋭利ににらむ私に驚き、息を飲んだ。
　泣く必要はない。
　ケンカしていないし、深く愛し合っている。
　バカじゃないの？
　ベッドはしに座る菜緒の背中を、力いっぱい突き飛ばす。
　短い悲鳴をあげ、うつぶせに床に倒れる彼女。
　その背中を強く踏みつけた。
「友達だから、心配して言ってる…？　残念。菜緒は友達じゃない。私に意見した時点で"敵"だから。あんた、上靴にカラーピン入れられたいの？　イジメ加害者に仕立て上げられたいの？　中沢亜子やブタ子みたいになりたくないなら、余計なこと言うな。私を本気で怒らせると…この学校にいられなくなるヨ…」
　うつぶせに倒れているから、顔は見えない。
　それでも、菜緒の恐怖は伝わってくる。
　背中を踏みつける右足に、小さな震えが伝わってくる。
　その時、保健室のドアがガラリと開き、保健の先生が戻ってきた。
　急いでしゃがみ込み、菜緒の体をゆする。

「菜緒、大丈夫？　あっ！　先生！　友達が貧血で倒れちゃって…助けてください！」
　先生が駆け寄る。
　よろよろと身を起こした菜緒の顔を見て、こう言った。
「かなり顔色悪いわね…。急に立ち上がらないで、先生につかまってゆっくりね」
　菜緒は、さっきまで私が寝ていたベッドに寝かされた。
　薄笑いを浮かべ、先生の背後からジッと見下ろす私。
　視線が合うと、顔色がますます悪くなる。
　震える手で衿元まで布団を引き上げ、防御の姿勢を見せていた。
　腕組みしながら、保健の先生が言う。
「あなた、生理中？　最近の子は、いい加減な食事するから倒れるのよ。女の子はしっかり鉄分摂らないとダメよ。鉄分含有量の多い献立のプリント渡すから、お母さんに見せて……」
　私に説教された元友達は、保健の先生に説教されていた。
　クスリと笑い、保健室を後にする。
　アレも、コレも、ソレも…。
　全部私がやったのに、気づかず心配していたなんて、バカだよね。
　"貧血には鉄分"だって。
　菜緒のために"鉄分サプリ"買ってあげようかな。
　容器の中に、鉄分たっぷりのクギを入れてネ。

早退し、家に帰ってきた。
　菜緒にムカつき不機嫌だけど、机に積まれたブライダル情報誌の山を見て、すぐに機嫌が直る。
　そのうちの１冊を手に取り、パラパラめくり、蛍光ペンとふせんだらけのページに笑みがこぼれた。
　神前式とチャペル式、どちらにしようか悩んだが、神前式に決めた。
　その代わり、披露宴では純白のドレスを着て、みんなに見てもらう。
　雑誌を置き、机に向かう。
　パソコンに電源を入れ、久しぶりに学校裏サイト〝ケンイチ's Collection〞を開いた。
　結婚に向け、階段を上り切ろうとしている私。
　それに対し柊也先輩は、〝付き合いについて話したい〞なんて、まだ１段目にいる。
　早く私のいる場所まで、上ってきてくれないと困る。
　４月まで、２ヶ月を切っているのだから。
　結婚気分を盛り上げる必要があるみたい。
「俺、結婚するんだな…幸せだな…」
　そんな気持ちにしてあげないとネ。
　私達高校生は、くだらない愚痴を書き込むのが大好き。
　頭の悪いタイトルの掲示板が、ウジャウジャひしめく。
『マヒマヒひま人の語り場』
『恋する女子レボリューション！』
『ケンイチの先生達にひと言レスろー』

『サッカートークできる奴限定で』
『俺っちと友達になりたい人、集まれ〜』……etc.。
　無数にあるスレッドに、同じ内容のレスを、手当たり次第書き込んだ。

　44:クロアイ　02/16 13:59
　話題のカレカノ"白王子のＳ君"と"黒髪美人のＭさん"
　４月に結婚決定!!
　マジ情報だよ。式場予約してる姿見たから。
　ハッピーウエディング♪
　みんな〜ふたりにお祝いの言葉をかけてあげて〜

　いったいいくつの掲示板に書き込んだだろう…。
　50、60…いや100くらい？
　最近活躍中のスレッドの最新レスが、すべてクロアイで埋まった。
　それが終わると、写真の合成作業に取りかかる。
　PCに取り込んだ、私と彼の顔を切り取り、ブライダルページの新郎新婦の体にくっつける。
　境目を修正すれば、ほら、私達の結婚写真。
　自分で作った合成写真をプリントし、しばし見とれた。
　タキシードの柊也先輩に腕をからめる、ウエディングドレス姿の私。

なんて素敵なのだろう……。
　ピンクのカーテンを開き、壁の中央に写真を貼る。
　もうすぐコレが現実になると思うと、うれしくてニヤニヤしてしまう。
　結婚写真を堪能した後は、再度プリンターに電源を入れた。
　合成写真は、自己満足のためじゃない。
　これから何十枚ものポスターにして、渡り廊下に貼り出す予定。
　中傷ポスターの時は、かなりの集客効果があったから、今回も話題になるだろうネ。
　みんなに「おめでとう」と声をかけられ、照れたように笑う、彼の顔が目に浮かんだ。

　翌日、誰より早く登校し、渡り廊下に100枚のポスターを貼る。
　私と柊也先輩のウェディング写真が壁を埋め、うっとりするほど素敵な空間ができ上がった。
　生徒達の反応を見たいところだが、忙しいので家に帰る。
　結婚を控えた花嫁は、準備することがいろいろある。
　のんきに授業を受けているひまはない。
　次の日も、その次の日も学校を休んだ。
　さぼり始めてから３日後の今日、柊也先輩からメールが来た。
《どうした？　学校に来ないのか？》
　という問いには、

《忙しいから行けません》
　と返すが、
《話がある。時間を作ってくれ》
　という部分は無視した。
　今日も予定がいっぱいだ。
　メイン予定は、11時に予約したブライダルエステ。
　その後ひとりでドレス選びにいく予定。
《どうしても、今日話したい》
　としつこい、彼のメールを無視し続け、部屋でパソコンに向かっていた。
　出かけるまでに、まだ時間がある。
　それまで"ケンイチ's Collection"にひたすらカキコミする。

79:クロアイ　02/19 09:54
黒髪のMさん情報ゲット！
駅前サロンでブライダルエステ受けてた！
最近の彼女、きれいだよね♪
花嫁さんイイナ〜
Ｓ君と末永くお幸せに♪

　そんな内容のカキコミを続けていた時、玄関のインターホンが鳴った。

家族はとっくに仕事に出かけていないので、私が出なければならない。
　面倒くさいと思いながら、1階に下り玄関を開けると、制服姿の柊也先輩が立っていた。
「あれ…柊也先輩、学校は？」
「抜けてきた。こうでもしないと、愛美と話し合い、できないだろ」
　玄関ドアは3分の1しか開けていない。
　閉めようとしたが、彼は隙間に体を入れ、上がってイイと言っていないのに、強引に入ってきた。
　何かを決意した顔…。
　今日は私の真顔におびえず、射るような視線を向けてくる。
　あきらめて、彼を2階の自室に通した。
　彼を部屋に入れるのは初めて。
　キョロキョロ見回し、机の上のブライダル情報誌の山を見て、嫌な顔をする。
　それから、ピンクのカーテンに目を留めた。
　北側の壁をスッポリ隠す大きなカーテンは、この部屋で存在感を放っている。
　その向こう側に何があるのか…。
　誰もが聞きたくなるだろう。
　でも、柊也先輩は何も聞かず、すぐカーテンから目を離した。
　そんなことに、気をそらすひまはないと言いたげ。
　ベッドに座り、するどい視線を私に向け、すぐ本題に入

ろうとしている。
　彼が口を開く前に、先にしゃべりだす。
　ニッコリ笑い、
　"彼女の部屋に遊びにきた彼氏"。
　そんな楽しい雰囲気を作ろうとした。
「学校さぼって、家族の留守にふたりきり…新鮮でいいですね！　ドキドキしちゃいます！　今、お茶とお菓子持ってきますね？」
「何もいらない」
「私がいります。近所の人にもらったおいしいクッキーがあるんです！　紅茶と一緒に持ってきますから、待っていてください」
　部屋を出る。
　ドアを閉めてから、言い忘れを思い出し、再びドアを開けた。
　ベッドから立ち上がろうとしていた彼。
　私に驚き、ビクリと体をゆらす。
　真顔でジットリ見つめ、それから口のはしを弓なりに吊り上げ、微笑んで見せた。
「言い忘れていました。私のものに勝手に触らないでくださいね。そのピンクのカーテンも……絶対に開けてはダメですヨ…」
　お湯を沸かし、紅茶をいれる。
　昨日、衝動買いしたペアのマグカップ。
　合わせると、ふたりの天使がキスするデザインになって

いる。
　新婚生活で使おうと思い買ったけど、早く使いたくなり、琥珀色の紅茶を注いだ。
　クッキーはハート形の皿に盛りつけ、マグカップとともにトレーにのせる。
　こぼさないようにゆっくりと階段を上り、足音を忍ばせ、ドア前に立つ。
　片手にトレー、片手にドアノブ。
　静かにドアを開けると、彼はベッドに座っていなかった。
　ピンクのカーテン前に立つ背中が見える。
　カーテンは開けられていないが、ヒダに触れる手が震えていた。
　震える以外に動きはなく、私が入ってきても反応しない。
　真後ろに立つ。
　それでもまだ、気づかない。
　気持ちがどこかに行ってるみたいで、背後の気配すら感じ取れない。
「セ・ン・パ・イ」
　耳元で呼びかけると、彼は悲鳴をあげ、飛びのいた。
　私から距離を取り、カーテンと逆側の壁に背中をつける。
　２ｍの距離を開け、向かい合った。
「ミタ…？　カーテンの中…」
「み…見てない…」
「本当に…？」
「本当…何も…見てない…」

うわずる声…。

冷汗のにじむ額…。

ゆれる視線…。

距離を1歩縮めると、先輩は壁伝いに、横に1歩ずれた。

ずれた方へ向きを変え、さらに1歩近づくと、彼はまた横にずれる。

1歩、2歩、3歩…。

とうとう、コーナーまで追い詰めた。

本棚に逃げ場をさえぎられ、彼は震えながら首を横に振る。

私達の間には、トレーにのった紅茶。

幸せなカップに入り、温かい湯気を上らせていた。

「柊也先輩、紅茶をどうぞ」

「い…いらない…」

いらない訳ない。

そんなに青ざめ、寒そうに震えているのに。

体を温めた方がイイヨ…。

カップを持ち、彼の唇に押しつけた。

「熱っ！」

叫んだ彼が、私を突き飛ばす。

紅茶もクッキーも床にこぼれ、マグカップは割れてしまった。

はじき飛ばされ、本棚に肩をぶつけた私。

その拍子に、棚上から"宝物入れ"が落ちた。

床に広がる紅茶の上に、中身が散らばってしまう。

ああ…残念…。

いつまでも、大切にしておきたかったのに…。
紅茶でビショビショだ…。
こぼれた紅茶で濡れてしまったのは、私手作り"クソパンダマスコット"と、何十枚もの、清宮鈴奈の"イケナイ写真"。
紅茶に濡れた写真を1枚1枚拾い、クスクス笑っていた。
「何時間も街をうろつき、頑張って撮ったんだ…。鼻ピアスのチャラ男と鈴奈…。こっちは、酔っ払いサラリーマンと鈴奈…。これは…フフッ…カラオケBOXでヤラレちゃってる鈴奈…。あ…これ、ボツ写真だ。由梨の顔、見えちゃってる。ニセモノだとバレちゃうよネ」
大学生風3人組に襲われている写真。
由梨の横顔が写ってしまい、ボツにした写真がまぎれてしまっていた。
それを持ち、柊也先輩の前に立つ。
彼は目を見開き固まっていた。
半開きの口からは、苦しそうな息がもれるだけ。
あまりの衝撃に、言うべき言葉を失っている。
ポタリ雫のたれる写真を彼の目の前に突き出し、一拍置いて、勢いよく破り捨てた。
まっぷたつになった写真が手を離れ、ヒラリと舞い落ちる。
紅茶に濡れた指先で、彼の下唇をなぞった。
「先輩なら…わかってくれますよネ…？　すべては、アナタを愛しているカラやったコト。私の愛は、重くて黒い。ちゃんと受け止めてくれないと…壊れちゃいますよ？

第五章 アイノカタチ ≫ 215

……ア・ナ・タ・ガ」

青ざめ震える彼。

数秒して絞り出すように、

「帰る…」

と言った。

部屋のドアを開けてあげると、私に警戒しながらソロソロ廊下に出る。

それから一気に階段を駆け下り、外へ飛び出す音が聞こえた。

"話がある"。

と家に来たのに、何も話さず帰ってしまった。

今日の先輩は、オカシイネ。

ひとりになり、ピンクのカーテンを開けた。

壁一面に貼られた柊也先輩の写真。

その中で"合成結婚写真"がはがれ落ちていた。

留めていたカラーピンも、床に転がっている。

写真とピンを拾い、壁に貼り直す。

写真の余白にピンを刺しながら、次に自分が取るべき行動を考えていた。

ふと、隣の写真に目が留まる。

それは学校のテニスコートの写真。

素敵な彼の背景に、マネージャー時代の中沢亜子が写り込み、腹立たしく思った写真だ。

彼女の顔や体には、カラーピンが突き刺してある。

その中の、心臓に刺した黒いカラーピンを抜き取った。

指でピンをくるくる回し、ニヤリ笑う。
それから…ピン先を、違う場所に突き立てた。
ブスリ…刺した場所は、結婚写真の彼の股間。
男性のシンボルに突き刺しても、写真の中の彼はうれしそうに笑っていた。
イイコト思いついた…。
これでカレは、逃げられナイ……。

翌日、土曜日。
柊也先輩好みの、甘系可愛いミニスカートで、彼の家へ行く。
インターホンを鳴らすと、母親が顔を出す。
「あら、愛美ちゃん？ 柊也は部活行ってるよ？ 知らなかった？」
「えっ？ 今日の部活、午前ですか？ 間違えちゃった…すみません、出直して…」
「いいわよ、上がって待ってなさい。あと１時間もしたら、帰ってくるでしょ」
テニス部は、土曜の練習は午前中。
そんなの知っているけど知らないふりし、彼の留守中に上がり込んだ。
リビングでお茶を飲みながら雑談する。
１時間経過して、母親が時計をチラリ見た。
「柊也、遅いね…。愛美ちゃん、悪いけど留守番してくれる？ おばさん、出かける用事あるから。ごめんね」

「はい、わかりました！　いってらっしゃい、お義母さん！」
　酔っていない今日の彼女は"お義母さん"と呼ばれ、とまどいを見せた。
　ニッコリ笑いかける私。
　ダメと言われないが、ぎこちない笑みを返された。
　その後、彼女は慌ただしく準備し、出かけていった。
　柊也先輩の部屋に入る。
　久しぶりの彼の部屋、いつもと何も変わりない。
　壁に貼ってある有名テニスプレーヤーのポスター前に立つ。
　名前は覚えていないけど、柊也先輩が目標にしている外国人男性だ。
　ポスターの中の彼は、青い視線を遠くに向け、私を見ようとしない。
　これから私が、何をやろうとしているのか…。
「そんなこと知りたくないよ」
　と言いたげに、無関心さを装っていた。
　ポスターの四隅を留めているのは、黒いカラーピン。
　私の部屋の、結婚写真の股間に突き刺したものと同じ色。
　右下のカラーピン１個を引き抜き、手の中でもてあそんだ。
　次に机に向かい、引き出しを勝手に開けた。
　ごちゃごちゃものが詰め込まれている中から、避妊具の箱を取り出し、ベッドの枕元に置く。
　これから帰ってくる彼と、体を交えるつもり。
　今までより深く、濃厚に。

そこからは、ただの恋人ではいられない。
　私達の新たな関係が始まるのだ。
　究極の愛に向けての終章。
　彼は私だけのモノ。
　決して逃がしは、シナイヨ…。

　ベッドに座り、待つこと30分。
　やっと柊也先輩が帰ってきた。
　リズミカルに階段を上る足音が聞こえ、躊躇いなくドアが開けられた。
　中に1歩、足を踏み入れた彼は、私を見て、
「うわっ！」
　と驚きの声をあげた。
「柊也先輩、お帰りなさい！　もう～遅いですよ～。待ちくたびれちゃいました」
「……なんで…」
「なんで部屋にいるのか…ですか？　普通にお義母さんに入れてもらいました。お出かけしたお義母さんの帰りは、夜7時頃ですって。それまで、ふたりきりですね、セ・ン・パ・イ」
　笑顔の私に対し、彼は顔色が悪い。
　昨日の恐怖が蘇ったのか、唇がかすかに震えていた。
　半歩後ろに下がる。
　心の中で、恐怖と戦っているような顔。
　少しの葛藤の後、彼は唇を引き結び、震えを止め、おび

えを制して私に近づいてきた。

ベッドに座る私の前に立ち、彼は冷ややかに見下ろしてくる。

昨日言えなかった言葉を、口にされた。

「お前とはもう終わりだ…。別れるから、二度と家に来るな」

「…フフッ…別れたい理由は？　私、嫌われるようなこと、何かしました？」

彼は目を見開く。

この期におよび何を言うのかと、言いたげに見える。

呆れと怒りの混ざる声は、少し震えていた。

「全部知ってんだよ…。結婚のウワサを勝手に流しやがって…。変なポスターや、掲示板にやたらカキコミしている"クロアイ"ってお前だろ？」

「そうですよ、フフッ。少し誇張したけど、もうすぐ結婚するんです。嘘じゃありません。そんな理由で、別れたいなんて、バカなこと言う気デスカ？」

彼の素敵な顔が、醜くゆがんだ。

ダメージを与えられないのが悔しいみたいで、ギリリと歯ぎしりの音が聞こえた。

にらむ目つきはますます険しくなり、私に有効打を与えようと必死だ。

「結婚話だけじゃねーよ…。鈴奈のことは、昨日バレてるだろ。亜子がマネージャーやめるように仕組んだのも、お前だろ？　全部知ってんだよ。とんでもない奴だな…」

一瞬、真顔で無言になる私。
　形勢逆転とばかりに、彼はニヤリと口のはしを吊り上げる。
　無言になったのは、窮地に立たされたからではない。
　"全部知ってる"と得意げに言う彼に、
「まだ誇れる悪事は、ほかにもたくさんあるのに…」
　そう言いたかったからだ。
　でも我慢した。
　ブタ子やララたん達を操った武勇伝は、機会があれば教えてあげることにし、今はほかにヤルベキことがある。
　うつむき肩を落とし、凹んでいる風を装った。
　小さな声でボソボソ言う。
「わかりました…。"今の関係"は解消してあげます…。その代わり、ひとつだけ、お願いを聞いてください…」
　涙を浮かべ、すがるような視線を彼に向ける。
　小さく震えながら懇願する、かわいそうな少女…。
　と思わせるには、悪事を働きすぎたか…。
　彼は同情の色をみじんも見せず、
「内容による」
　と冷たく言い放った。
　立ち上がり、着ている服をバサバサ脱ぎ捨てる。
　裸になった私は、彼をベッドに誘う。
「最後にもう一度抱いてください。それがお願いです。願いを叶えてくれたら、"今の関係"をすんなり終わらせてあげます。ね、簡単でしょ？」
「…気分じゃないし、勃たねぇよ…」

「大丈夫。私が元気にしますから」
　彼の服をすべて脱がせ、ベッドにあお向けに寝かせる。
　"勃たない"と言っていたくせに、私の手の中ですぐに元気になる。
　十分に元気になったところで、彼が枕元の避妊具の箱に手を伸ばした。
　それをサッと奪い取る。
　中からひとつ選んで取り出し、包みを破った。
「柊也先輩は何もしなくていいです。コレも私がつけてあげます。先輩は目を閉じ、ただ気持ちよくなってくださいネ」
　彼の上にまたがり、腰を振る。
　私に言われた通り、目を閉じ、快感だけを追う彼。
　やがて呼吸が乱れ、甘くうめき、私の中に熱い欲望をタップリ吐き出した。
　行為が終わり、彼はすぐベッドから下りる。
　着替えながら、ホッとした顔して、口元がほころんでいた。
　私はまだ裸でベッドの上。
　これで終わりと安心する彼に、笑顔で聞いた。
「柊也先輩、スッキリした顔してますね。そんなに気持ちよかったですか？」
「これで終わりと思うと、スッキリだな。約束守れよ。もう終わりだぞ？」
「はい、"今までの関係"は終わりです。これからは"新たな関係"が始まりますカラ」

着替え終えた彼は、ピタリ動きを止めた。
"新たな関係"。
その言葉に不安を感じ、恐る恐るふり向いた。
ベッドに座る私は、あるものを持っていた。
それは、黒いカラーピン。
この部屋に入ってすぐ、ポスターから抜き取ったものだ。
右手に黒いカラーピン。
左手には、未使用の避妊具の小さな包み。
　目を見開く彼の前で、カラーピンをブスリ、避妊具の真ん中に突き刺した。
　カラーピンに刺した、避妊具の小さな正方形のパッケージ。
　ピンを指先で回すと、避妊具も風車みたいにクルクル回って面白い。
「ウフフ…。フフフフ…」
「まさか…」
　"まさか…"。
　彼は、それ以上の言葉を言えずにいた。
　ある不吉な予感のもと、安心していた顔が、見る見るこわばっていく。
　言葉の出ない彼の代わりに、私が続きを話してあげる。
「まさか…さっき使った避妊具にも、穴を…。そう聞きたいのですか？　フフッ。開けましたよ。１ヶ所だけじゃなく、ブスブス穴だらけです。今日の私、ちょうど排卵日なんです。うまく受精すると、イイデスネ」
　私の下腹部の中で、卵子に向け、必死に泳ぐ、彼の分身

達を想像していた。
　裸の腹部をなでながら、楽しくて笑いが止まらない。
　きっと妊娠する。
　ううん、絶対妊娠する。
　笑い続ける私と、恐怖に固まり続ける柊也先輩。
　私が"ママ"で、アナタが"パパ"だよ？
　今までの関係がやっと終わり、新たな関係が始まった。

　柊也先輩と最後にセックスしてから、ひと月過ぎた。
　３月頭、まだまだ寒い日が続いている。
　お腹を冷やさないよう、室内でも厚着して過ごしていた。
　今朝、いつまでも学校をサボり続ける私に、母が口うるさく説教してきた。
　それを完全無視する。
　妊娠初期は大切な時期。
　学校で何かあったら大変だ。
　やがて怒るのに疲れた母は、あきらめて仕事に出かける。
　その２時間後に私も外出した。
　目的地は近所の薬局。
　妊娠検査薬を買おうと思っていた。
　妊娠している自信はあるが、確かな証拠は必要。
　店内をうろつき、ソレを見つける。
　正確さ99.9％と書かれた細長い箱を、レジに出した。
　レジに立つのは、きついパーマをかけた中年オバサン。
　女子高生の私と妊娠検査薬の間で、視線を二往復させる。

非難と好奇の目で見られ、嫌な気持ちになった。
　女子高生の妊娠は、世間一般的に喜ばしいものではないかもしれない。
　避妊せず、不特定多数の男と遊び、喜べない妊娠をするバカ女もいるのだろう。
　でも私は違う。
　彼との子供を作ろうとした結果の妊娠。
　非難される謂れはない。
　ムカついたので、会計を終えると、レジのオバサンにひと言。
「変な頭。そのパーマ、キツすぎてキモイ」
　顔を真っ赤にする、キモパーマ。
　クスリと笑い、薬局を後にした。
　妊娠検査薬を握りしめ、足早に家に向かう。
　うれしいな。
　結果を持って、夕方柊也先輩の家に行こうか？
　いや、夕方まで待てない。
　学校に行って、授業中の彼のクラスに駆け込もうかな？
「妊娠してたよ！　よかったね、先輩！」
　大声で報告して、みんなの祝福の中、彼に抱きつくのも素敵だね。
　ウキウキしながら家に帰り、すぐトイレへ。
　妊娠検査薬の箱を開け、説明書を読んだ。
　検査薬は、プラスチック製スティックの先端に、濾紙がついたもの。

濾紙に尿をかけ、赤紫色のラインが現れたら、妊娠反応陽性らしい。

さっそく、試してみた。

トイレに座り、赤紫ラインが浮き出るのを、今か今かと待つ。

しかし、3分経っても5分経っても、濾紙は無色のまま、何の変化もない。

何これ…不良品じゃないか…。

1180円もしたのに、ムカつく…。

プラスチック製スティックをへし折り、ごみ箱に投げ入れた。

薬局に怒鳴り込み、キモパーマに苦情を言おうかと思ったが、やめた。

薬局じゃなく産婦人科へ行こう。

どうせ近いうち、マタニティクリニックに通うことになる。

妊娠判定も、こんな当てにならない市販品じゃなく、ちゃんと病院で結果を出してもらおう。

そう思い、脱いだばかりのコートを着て、家を出た。

次の目的地は、駅前のマタニティクリニック。

ネットで調べた結果、この辺りで一番評判がよかった。

20分後、病院に着く。

自動扉を開け中へ。

開放的な待合室は、淡いピンクを基調とし、私好みの色合い。

ネットの評判通り、広い待合室は、お腹の大きな妊婦達

で混み合っていた。
　受付で、
「妊娠検査がしたい」
　とハッキリ言った。
　受付の若い女性は、薬局のキモパーマみたいな目で見なかった。
　非難も好奇もなく、無表情に問診表を渡し、説明するだけ。
　ここは産婦人科だから、妊娠検査に来る女子高生は、珍しくないのかも。
　うっかり妊娠しちゃったバカな女子高生と、計画妊娠の私を一緒にしないでほしいけど。
　最終月経日、性交日など、細かに記入し、問診表を提出する。
　その後、看護師に尿検査の紙コップを渡された。
　言われた通り尿を取り、混み合う待合室で、また待たされる。
　子育てママ向け雑誌を読みながら、待つこと40分。
　やっと名前を呼ばれた。
　元気に返事し、診察室に入る。
　椅子に座る私の前には、白髪混じりの男性医師。
　ドキドキしながら、期待する言葉を待っていると、医師はメガネの奥の瞳を細め、
「心配しなくても大丈夫」
　と言った。
「大丈夫、妊娠していないよ。よかったね。これからは、

こういった心配がないように、きちんと避妊しなさいよ。
それから———」
　期待と真逆の言葉を言われた。
　その後医師は、若年妊娠の危険や、性病の恐ろしさ、避妊具の正しい使い方など、好き勝手にしゃべりだす。
　その言葉は、耳に入らない。
　怒りが込み上げ、両手がワナワナ震えだす。
　メガネを押し上げ、白髪の医師が私を見る。
「ん？　気分が悪いのかい？」
　後ろに立つ看護師が、
「大丈夫？」
　と肩に触れる。
　その手を払いのけ、立ち上がり、医師の胸ぐらをつかみ上げた。
「妊娠してないだと…？　そんな訳あるかっ!!　いい加減な検査しやがって、くそヤブ医者野郎が……。金だけ取って、妊娠検査ひとつできないの？　こんな悪徳病院、さっさとつぶれちまえ！」
　怒りをぶつけ、驚く医師と看護師を残し、診察室を飛び出した。
　ザワザワしていた待合室は、シーンと静まり返っている。
　妊婦達の興味本位な視線が、いっせいに私に向けられた。
　診療代も払わず、怒り心頭で病院を出た。
　ヤブ医者のいるクソ産婦人科…。
　ネットに書き込んでやらなくちゃ…。

寒い外気の中、しばらく歩き、やっと冷静さを取り戻す。
どうやら、行く病院を間違えたみたい。
ネットの評判は当てにならないものだ。
今度は別の産婦人科へ。
知り合いのお姉さんが、その病院で出産したと聞いたことがある。
今度は、まともな検査結果をもらえるだろう。
今度は大丈夫と思った病院だが、そこも結果は同じだった。
"妊娠"。
望む言葉をくれない…。
イラ立ちを抱え、産婦人科を渡り歩く。
5軒目の病院は、たまたま見つけた産婦人科。
2階建ての小さな建物は薄汚れ、見るからにさびれていた。
建物も古ければ、従業員も古い。
受付の事務の人も、看護師も、定年間近のオバサンだ。
ここも、今までの病院と同じ手順で妊娠検査が進む。
問診表に記入し、尿を採り、しばらく待ってから診察室に呼ばれた。
目の前には、白衣のヨボヨボジジイ。
こいつにも、
「妊娠していない」
と、いい加減なことを言われた。
怒りはあるが、ジジイの胸ぐらをつかむのはやめてあげた。
つかみかかって死んだら、後が面倒くさい。
検査結果を間違えたのは、頭が呆けているから。

早く廃業しろと心で思い、診察室を出た。
　廊下を進む。
　診察室の隣は、処置室と書かれた部屋だった。
　中にいるのは、看護師と妊婦がひとりずつ。
　開け放したドアに"定期健診の手順"と書いたポスターが貼られていた。
　尿検査→体重測定→血圧測定→腹囲測定→診察……。
　あの妊婦は今、看護師に血圧を測ってもらっているから、この後は腹囲測定か…。
　なにげなく、そんなことを思っていた。
　処置室を通り過ぎようとして、足を止めた。
　入口横の台に、青いプラスチックのカゴが置いてある。
　そこには"母子手帳はコチラに"と書いてあり、血圧測定中の妊婦のものと思われる、母子手帳が１冊入っていた。
　その手帳にクギづけになる。
　表紙には、赤ちゃんを抱く母親のイラストが描かれていた。
　妊娠しないともらえない手帳。
　これが…妊婦の証…。
　処置室前を通り過ぎるふりして、廊下に潜み、中の気配をうかがった。
　定期健診の手順ポスターには、血圧測定の次は"腹囲測定"と書いてあった。
　お腹を出すということは…。
　予想通り、妊婦は看護師に連れられ、処置室の隅のカーテンへ。

ふたりがカーテンに隠れてしまうと、処置室はまるで無人。

周囲を警戒しつつすばやく動き、カゴの中の母子手帳を盗む。

それをカバンに入れ、何食わぬ顔して会計を済ませ、そのまま病院を後にした。

帰り道、ひとりほくそ笑む。

母子手帳…妊婦の証拠を手に入れた…。

これで私の妊娠は、疑いようがない。

さあ、柊也先輩に会いにいかなくちゃネ。

翌日、上機嫌な私は久しぶりに学校へ。

といっても、授業を受ける気はさらさらない。

かなり遅刻して登校し、まっすぐ"生物化学室"に向かう。

2時間目の今、この教室を使うクラスはなかった。

無人の教室に入り、扉を閉める。

久しぶりの生物化学室には、いつもと変わらず人体模型のミツオ君がいて、ホルマリン漬けのカエルとともに、静かに歓迎してくれた。

ポケットからスマホを出し、柊也先輩にメールする。

《とってもうれしい報告があります！　今すぐ、生物化学室に来てくださいネ》

"とってもうれしい報告"。

その言葉に、彼は飛んでくるだろう。

濃厚なセックスした日から約1ヶ月、妊娠の報告を、今か今かと待ち望んでいたはずだから。

数分後、足音が聞こえ、ドアが開けられた。
　走ってきた彼は、少し呼吸を乱し、険しい顔で私を見る。
　彼の腕を引き、中に入れ、ドアに鍵をかけた。
　大好きな胸に飛び込んで、久しぶりのシトラスの香りを深く吸い込んだ。
「やめろ」
　と言われ、引きはがされる。
　見下ろしてくる彼の目は、真剣そのもの。
　そうだよね、まず素敵な報告を聞きたいよね。
　抱き合い喜ぶのは、後にしなくちゃね。
　満面の笑顔で言った。
「柊也先輩！　私、妊娠しましたよ！　喜んでください！」
「…う…そ…だ…」
「嘘じゃありません。ほら、これが証拠です」
　昨日盗んだ母子手帳を見せる。
　表紙の下に、氏名記入欄があり、しっかり私の名前が書いてある。
　元は本当の持ち主の名前が書いてあったが、こんなのは簡単に変えられる。
　表紙をPCに取り込み、加工して印刷し、本体に貼りつければ…"私の母子手帳"の完成だ。
　青ざめる彼の前で母子手帳を開く。
　"妊娠の経過"と書かれたページには、腹部エコー写真が貼ってあった。
　白黒の不思議な写真。

中央に小さな黒い楕円があり、その中に豆粒ほどの何かが写っていた。
　赤ペンで丸がついていたから、これは胎児なのだろう。
　彼の前で得意げに説明する。
「この小さな豆粒が、私と柊也先輩の赤ちゃんです。小さな小さな命、うれしいですね！」
　はしゃぐ私。
　うれしくて彼に抱きつき、背中に腕を回す。
　今度は、引きはがされたりしなかった。
　顔面蒼白…浅い呼吸…。
　彼はまだ驚きの中で、抱きつく私にさえ、意識を向けられずにいた。
　数分後、やっと柊也先輩が動きだす。
　ゆっくりと私と距離を取り、目の前に土下座した。
　震える声で、なんとか言葉を口にする。
「頼む…堕ろしてくれ…。一生のお願いだ……」
　学校一カッコイイ彼。
　いつも女子の視線をひとり占めする彼。
　白ジャージで、自信満々にラケットを操る彼。
　プライド高い彼が、床にひたいをすりつけ、
「子供を堕ろして」
　と懇願していた。
　クスリ笑い、お腹をなで、赤ちゃんに話しかける。
「おかしなこと言うパパですね～。大丈夫でしゅよ。ママは絶対アナタを産むからネ」

おびえる目が私を見上げ、必死に訴える。
「無理だ！　父親にはなれないし、愛美とも結婚しない！　頼むって！　堕ろしてくれよ！」
　必死の彼の前に座り、目線の高さを合わせる。
　ニッコリ笑いかけると、彼は何かを期待する。
　堕ろしてあげる……。
　なんて言うはず、ないジャナイ…。
　スッと笑みを消し、焦げ茶色のサラサラな髪を鷲づかむ。
　髪を引っ張り、顔を至近距離に近づけ、最終通告を言い放つ。
「無理でも、パパになってもらう。嫌でも、結婚してもらう。それを拒否するなら……。アナタを殺して、私も死ぬカラ」
　絶句する唇。
　絶望に彩られる瞳。
　クスクス笑い、形のいい唇にキスをした。
　何もかも思い通りで、バラ色の人生はすぐそこにある。
　幸せで……何かもの足りない……。
　モノタリナイ…？
　完全な幸せをつかんだはずなのに、自分の中から聞こえた声に、喜びが中断した。
　今までも、幸せだと思うたびに、何度かもの足りなさを感じてきた。
　ピンクのカーテンの中の、写真を思い出す。
　一番のお気に入りは、合成結婚写真ではなく、テニス写真。

獣のようなするどい瞳で、ボールを追いかける彼の姿。
あんな目で、私を追い求めてほしいと感じていた。
そこに究極の愛を見ていた。
それなのに、今の彼の瞳は、力がない。
"結婚"という、理想の愛を手に入れても、願いは叶わない…？
"理想の愛"と"究極の愛"は別ものなのか…？
考え込んでいたため、気を抜いてしまった。
つかんだ髪から手を離し、視線もそらしていた。
考えながら眺めていたのは、人体模型のミツオ君。
赤と青に色分けされた臓器を、食道から順に目で追っていた。

食道、胃、十二指腸、小腸、大腸、気管支、肺、心臓…
そこまで見た時、視界が急に傾く。
肩を強く押され、あお向けに倒された。
頭を打ちつけ、火花を見た。
痛みにうめき、頭をさすろうとしたが、両手は硬い床に縫いつけられ、動かせない。

馬乗りになり、するどく見下ろしているのは、柊也先輩だった。
何かを吹っ切った顔。
絶望とおびえの代わりに、狂気が白目を赤く染めていた。
私は驚き、目を見開く。
背筋がゾクゾクし、肌が粟立ち……。
心が歓喜に震えた。

なんて素敵な目で、見てくれるのだろう…。
今、彼は、私しか見えていない。
学校も、テニスも、家族も…大切な存在をすべて忘れ、私だけをするどく、獣のように、見つめている。
うれしくて、頭を打ちつけた痛みも忘れた。
笑いだすと、彼のするどい瞳がますます鋭利になる。
「何、笑ってんだよ…。この状況、わかってないのか？俺は結婚しない。子供も産ませない。それで殺すって言うなら…先にお前を、殺してやる」
彼の両手が、私の首にかけられた。
ゆっくりとその手に力がこもる。
体格も力も、彼が上。
私は逃げられない……。
いや、逃げる意識がなかった。
酸素が途切れる苦しみの中、なおも口元に笑みを浮かべ、ポケットに手を入れ、あるものを取り出した。
それを彼の太ももに、力いっぱい突き立てる。
叫び声をあげ、彼は横に倒れた。
制服のズボンに穴が開き、流れ出る血で赤黒く染まっていく。
酸素を与えられ、肺を大きく上下させながら、私はゆっくり立ち上がる。
手に握るカッターの刃が、ヌラリ赤く、美しく光っていた。
彼を見下ろし、刃先をペロリとなめる。
"究極"の味は、とっても美味。

媚薬のように、クセになりそうな味がした。
　太ももを押さえ、座ったまま、ズリズリ後ずさる彼。
　私はゆっくり追い詰める。
　後ろを見ずに逃げるから、ミツオ君にぶつかってしまう。
　派手な音が響き、ミツオ君が床に倒れた。
　内臓パーツがバラバラに飛び散り、首がはずれ、頭が転がった。
　私の足元に転がってきた、頭部を拾い上げる。
「あ〜あ、ミツオ君壊れちゃった。先生に見つかったら、怒られちゃいますよ〜。フフッ」
　お尻ではうように後ずさり、背中を壁に当て、彼は逃げ道を失った。
　周囲には、散乱した内臓が。
　そんなにおびえなくても、ミツオ君の内臓は何もしないのに。
　彼の前にしゃがみ込む。
　震える手に、ミツオ君の頭部を持たせてあげた。
　カッターの刃を出したり引っ込めたり、遊ばせながら、聞く。
「柊也先輩、さっきの勢いはどこいったのですか？　私の首を絞めた時、血走った目が素敵だったのに。やっとわかりました。究極の愛が何かを。もう一度、あの目を見せてください。ゾクゾクしちゃう！」
　するどい獣のような目を思い出し、うっとりしていた。
　ほうっ…と息を吐き出し、ミツオ君の首にカッターをす

べらせる。
　震えるだけで、何も言えない彼に、質問を浴びせた。
「ねぇ先輩…私を愛していますよね？」
　彼はうなずく。
　歯がカタカタ鳴るほど震えながら、必死にうなずく。
「私と一緒に、究極の愛を見たいよね？」
　カッターの刃を、ミツオ君の目に向けた。
　黒目の塗料を刃先で削りながら、そう聞いた。
　彼はまたうなずく。
　何度も何度もうなずく。
　震える手から、ミツオ君の頭部がゴロリ転げた。
　ミツオ君が離れていったので、今度は彼の首筋に刃を当てる。
　耳元に口をつけ、甘くささやいてあげた。
「柊也先輩、私も愛していますヨ。だから…さっきみたいな目で、もう一度、首絞めてください。私はアナタの頸動脈を切りますカラ。"心中"って…素敵な響きですよね…愛し合うふたりが死を選ぶ。それが究極の愛なんです。心中して、永遠に一緒になりまショウ？」
　今度は彼はうなずかない。
　心中しようと誘ったのに、首を小さく横に振る。
　それを無視し、刃先を薄くすべらせた。
　短い悲鳴と同時に、首筋に赤い線がついた。
　震える彼が、必死に声を出す。
「ま…待て…。待ってくれ…」

「ダメです。さあ早く、私の首を絞めてください。私も今度は、強く切りつけますから」
「ま、待て…待てって……。そ、そうだ…。ば、場所…し、し、心中するなら、場所を…」
「場所？」

　何か言いたいらしいが、よくわからない。

　首筋からカッターを離してあげると、やっと、どもらず話し始めた。
「どうせなら、有終の美を飾りたい。こんなつまんない場所じゃなく、もっと心中に相応しい場所があると思うんだ。だから今は待って。俺に場所を選ばせて。それくらい、いいだろ？　な？　な？」

　それについて、少し考える。

　言われてみると確かに、生物化学室は心中に相応しい場所と思えない。

　人体模型やホルマリン漬けの標本はつまらないし、安全過ぎてドキドキできない。

　考えている最中に、２時間目の授業終了のチャイムが聞こえた。

　廊下の向こうに、ザワザワと人の気配がし、急にうるさくなる。

　カッターの刃をしまい、ポケットに入れた。

　ニッコリ笑い、彼に言う。
「そうですね。こんな場所じゃ、ダメですね。つまらないし、うるさいし、心中を楽しめません」

ホッとした顔の彼。
　大きく息を吐き出し、頭をたれた。
　太ももの出血は、止まっているみたい。
　顔をしかめて立ち上がり、足を引きずり、出口に向かう。
　その背中に声をかけた。
「心中場所…先輩が決めると、言いましたよね？　1週間の期限をあげます。連絡待っていますネ」
「あ…ああ…」
「わかっていると思いますが、私から逃げられませんよ。逃げても無駄です。地の果てまで追いかけますから…ネ…」
　彼はビクリと肩を震わせ、ふり向かずに出ていった。
　誰もいない教室で、私はひとり、クスクス笑い続ける。
　床に転がるミツオ君は、壊れた目をドアに向け、彼の暗い行方をジッと見つめていた。

　1週間後、3月中旬。
　今日は学校で卒業式が行われる。
　在校生も参加だが、そんな面倒くさい行事は、もちろん欠席。
　自分の部屋で鼻歌を歌いながら、長い黒髪にクシを通していた。
　試供品でもらった、高いリップグロスを塗る。
　ナチュラルに、丁寧に、いつもより時間をかけてメイクする。
　"有終の美"。

柊也先輩の言葉通り、最後はとびきりきれいにしなくちゃネ。
　この日のために用意した可愛いワンピースを着て、鏡の前でクルリと回り、ニッコリ笑ってみる。
　その時、机の上のスマホが鳴りだした。
　ショパンのピアノソナタ第2番。
　『葬送行進曲』とタイトルがつくこの着信メロディは、柊也先輩から。
　素敵なメロディを切断し、通話に出る。
「はい、愛美です！　柊也先輩、おはようございます！」
　上機嫌に元気よく話す私と違い、彼の声は低く、浮かれた感じはみじんもない。
　でも、落ち込んだり、おびえている雰囲気もない。
　何かを決意した声…。
　ゆるぎない黒い声…。
　そんな感じを受けた。
『決めたよ…心中場所。田倉駅の西改札口で、1時間後に待ち合わせよう』
「はい！　わかりました！」
『必ず来い。逃げるなヨ…』
　通話がプツリ切れた。
　"逃げるなヨ…"だって。
　私が逃げるはずないのに。
　彼の方が逃げ出すのではないかと、チラリ予想していた。
　でも、そんな心配いらないみたい。

やっとその気になったみたいで、ウレシイヨ。

　待ち合わせ５分前に駅に着く。
　柊也先輩はすでにそこにいて、柱に背をもたれ、私を待っていた。
　ダークグレーのおしゃれなジャケットが、素敵な顔と、今日の雰囲気によく合っている。
「柊也先輩！」
　名前を呼んで駆け寄り、抱きついた。
　彼は嫌がらない。
　それどころか、私の手を取り、指をからませ、恋人繋ぎでしっかり握ってくる。
「フフッ。どうしたんですか？　今日の先輩は、ずいぶん積極的ですね」
「ああ。愛美を愛しているからな」
　甘い言葉を吐き、彼は笑った。
　口元は弧を描き、笑みを形作るが、目は笑っていない。
　獲物を見つけた獣のように、するどく光る双眼。
　真剣に慎重に、牙を突き立てる瞬間を狙っているみたい。
　胸がドキドキ高鳴った。
　ああ…うれしいな…。
　究極の愛は、すぐそこに…。
　興奮して、体の奥がうずいちゃウ…。
　ふたり分の切符は、彼がすでに用意していた。
　駅の改札を通る。

どこに向かうのか聞いても、
「まだ秘密、楽しみにしていて」
　そう言うだけで、教えてくれない。
　いつもは乗らない路線の電車に乗り、見知らぬ場所へ走りだす。
　朝のラッシュを過ぎ、車内は空いていた。
　シートに並んで座り、心地好いゆれを楽しむ。
　うれしくて楽しくて、はしゃぎながら、たくさんの話をした。
　彼は笑顔で相づちを打ち、肩を抱き寄せ、時々キスしてくる。
　この車両は、すいているが、無人ではない。
　向かいにも、隣にも人が座っている。
　ほかの乗客達は寝たふりをして、イチャつく私達を無視していた。
　乗客がひとりふたりと減っていき、電車はきしむ音を響かせ、終点に着いた。
　さびれたホームに降りる。
　約1時間半の乗車で、固まった筋肉を伸ばし、灰色雲に向け、大きく伸び上がった。
　ここは、聞いたことない名前の駅。
　駅舎は古く、改札もひとつしかない。
　ひまそうな駅員が、ガラス窓からチラリこっちを見て、すぐに目線を文庫本に戻した。
　小さな待合室のベンチには、背中を丸めた老婆がいる。

何もない宙をなでながら、ブツブツとひとり言をしゃべり続けていた。
　薄暗い待合室を抜け、外に出た。
　駅前は"タクシー乗り場"と書かれたさびた看板があるが、タクシーは1台も停車していない。
　人もいない。
　無人の通りに、シャッターを下ろした古い商店が続くだけ。
　駅を出て、彼に手を引かれて歩く。
　閉店した商店が途切れ、民家がポツポツ点在する道に入った。
　風向きが北寄りに変わると、潮の匂いを感じた。
「柊也先輩、海の匂いがします。心中場所は、海ですか？」
　彼は薄く笑い、うなずく。
「そうだよ。ほら、あそこに灯台が見えるだろ？　あそこら辺、切り立つ崖なんだ。そこまで行こう」
　彼の指差す方向を見る。
　葉を落とした木々が茂る林の向こうに、灯台の白い頭だけが見えた。
　海はまだ見えない。
　ここから500mほど下っていかないと、灯台の立つ岬にたどり着けない。
　柊也先輩の選んだ心中場所は、海。
　切り立つ崖の上から、手を繋ぎ、一緒に飛び降りようと言われた。
「どう？」

と彼は聞く。
　口元が不自然に吊り上がり、白目は充血し始め、ピンク色。
　私は両手をパチンと合わせ、
「素敵です！」
と賛成した。
　２ヶ月前に図書室で借りた本『ノサップ岬心中』を思い出した。
　愛し合うふたりが永遠を誓い、崖から飛び降り、海に消える…。
　美しく華々しい最後が素敵で、憧れた。
　民家が完全に途切れ、道路は陰気くさい雑木林の中を進む。
　車線のない狭い１本道。
　時折、大型車が通るので、彼と横並びに歩けなかった。
　私が前で、彼が後ろ。
　前後に連なり歩きながら、後ろの彼に、引っ切りなしに話しかけた。
「柊也先輩、遠足みたいで楽しいですね！」
「そう？　喜んでもらえてよかった」
「先輩！　人生の最後に何食べました？」
「普通の朝飯。トーストとハムエッグとサラダ」
「えー？　普通すぎですよー。私は朝から、ステーキ食べました！　昨日お肉屋さんで、高級和牛、買っておいたんです。お母さんにビックリされちゃった！　ウフフッ」
　楽しい会話の最中に、前方からトラックが走ってきた。
　荷台に砕石を積んだ、大きなトラック。

あれにひかれたら、グチャグチャな肉塊になるだろうネ。
　想像しながら、後ろの彼と会話を続けた。
「柊也先輩、お母さんと最後に、どんな会話しましたか？」
　今まで返事があったのに、急に答えが途切れた。
　勢いよくふり向くと、彼は驚き、足を止める。
　その両手は、なぜか胸の前。
　力いっぱい、何かを押し出そうとする姿勢で、開いた両手を胸の前に構えていた。
　大型トラックが振動と騒音を響かせ、私達のギリギリ横を通り過ぎた。
　それを見送り、ニッコリ笑って、彼に聞く。
「セ・ン・パ・イ、ふたりは手を繋ぎ、崖から飛び降りる。そう決めましたよネ？」
「あ…ああ、もちろんだよ。さあ、行こう」
　今度は彼が前を歩く。
　歩きながら、首を左右に振り、何かを探しているみたい。
　なだらかな下り坂を進むこと10分。
　ようやく雑木林が途切れ、視界が開けた。
　100m先に、白くそびえる灯台と、群青色に波打つ海が見える。
　豆粒大の漁船が２隻。
　カモメの鳴き声に、絶え間なく打ち寄せる波の音。
　強く冷たく、潮くさい風が吹き荒れている。
　灯台の向こう側は切り立つ崖だった。
　晴天の日ならいい景色といえるが、灰色空の下では、白

い灯台も広がる海も、汚れて見えた。
　さっそく崖の方へ向かおうとすると、柊也先輩に腕をつかまれた。
「待って。自販機見つけた。のど渇いたから、買ってくる」
　さっきから、キョロキョロしていた彼。
　何を探しているのかと思ったら、自動販売機を探していたみたい。
　彼が指差す先に、小さな釣り具屋があった。
　その店先に、白い自販機が見える。
「買ってくるから、待っていて」
　と言われたが、離れるのは嫌なので、ついていく。
　ボロい釣り具屋は、営業中。
　車が2台止まっていて、ちゃんと客もいるらしい。
　細い砂利道が下に向かって伸びていた。
　行き着く先は、きっと海岸。
　釣り客はここで車を止め、歩いて釣り場まで向かうのだろう。
　自販機の前で、
「何がいい？」
　と聞かれた。
「いらないです。のど渇いていないので」
　そう答えると、彼のほおがピクリとひきつった。
　"いらない"と言った、私の返事が気に入らないみたい。
　買ってあげると、しつこく食い下がる彼に、笑顔で聞いた。
「そんなに私に、ジュースを飲ませたいのですか？　どう

して?」
　彼は言葉を詰まらせ、取り繕うように笑って見せた。
「じ、じゃあさ、俺だけ何か買うから、愛美はその間、店の中でも見ていなよ」
　釣り具にまったく興味がない。
　それなのに、強引に店の中に押し込まれた。
　"なぜ"と思わない。
　"怪しい"とも思わない。
　自販機のドリンクを買うという単純な行為に、"時間と手間"をかけたいようだから。
　狭い店内を見ていると、釣り具屋の店主と客が、珍しげな視線を向けてくる。
　店主のジジイが話しかけてきた。
「へぇ、お嬢ちゃんが釣りやるのかい?」
　それに答えたのは、私ではなく、客のオッサン。
「近頃、若い女の子の釣り人が増えているそうだよ」
　釣りをする気はないが、せっかくなので、商品を購入した。
　ナニかに、使えそうな予感がしてネ……。
　ジジイとオッサンに教えてもらい、必要な形に作り上げ、それをコートの左ポケットに忍ばせた。
　結果として、釣り具屋に入ってよかった。
　そう思い、店を出た。
　店先では柊也先輩が、缶コーヒー片手に待っていた。
　つまらない灰色雲を見つめ、さびついた自販機に背をもたれ、自然体を装おうと無理している。

店から出てきた私を見て、ニッコリ笑い、一見飲みかけ風の缶コーヒーを差し出してきた。
「いらないです」
「そう言うなって。ひと口飲めよ」
「のど渇いてない」
「このコーヒー、今まで飲んだ中で一番うまかった。飲まないと損だぞ？　飲めって」
　これ以上断ると、無理やり飲まされそうなので、仕方なく受け取った。
　冷たい缶コーヒーを手に、上目遣いで見上げる。
　彼は視線を泳がせた。
　柊也先輩って……悪事の才能ないみたい。
　睡眠薬か毒薬かわからないけど、何かを混入させたとバレバレだ。
　缶コーヒーを口に近づける。
　彼は横目で見ながら、ニヤリ笑いたいのを我慢している。
　ゆっくりゆっくり、口元に運ぶ私。
　唇まで数mmの距離で、ピタリ止めた。
　喜ぶ寸前の彼の前で、缶を逆さにし、中身をドバドバ地面に流した。
「あっ！」
　と驚く声がする。
　流れる茶色の液体を前に、素敵な顔が醜くゆがんでいった。
　最後の１滴が落ちるのを見届け、空き缶を後ろに放り投げた。

第五章 アイノカタチ 》》 249

　乾いた音を立て、砂利道に転がる空き缶。
　クスクス笑いながら言った。
「私、コーヒー飲めないんです。苦いからキライ。半年も付き合っているのに、先輩、私のことわかっていないですネ」
　悔しそうな顔で、ギラリにらまれた。
　小細工しても無駄…。
　それを理解したのか、彼は私の手首をつかみ、岬へと歩きだす。
　やっとその時が来た。
　大きな灯台の横を過ぎ、立入禁止の鎖をまたぐ。
　ふたり手を繋ぎ、1歩1歩、崖っぷちへ近づいていった。
　足元はゴロゴロ岩が転がり、枯れた雑草が岩の隙き間を埋めていた。
　うなりを上げる風。
　冷たい潮風に黒髪が流され、視界を邪魔する。
　手を繋ぎ、崖っぷちギリギリに立つ。
　足元で石が崩れ、吸い込まれるように落ちていった。
　眼下に見えるのは、ゴツゴツした岩場と、白くくだけ散る波しぶき。
　ここから落ちると、岩に激突し、即死する。
　くだけた死肉は、波にさらわれ、海に消えるだろう。
　下ばかり見ていると、繋いだ右手を強く握られた。
　彼に視線を戻す。
　真顔の彼が、静かに聞いた。
「どうして、笑っているの？」

私が答える。
「うれしいから。これで永遠に一緒だネ。フフフッ」
　うれしくて楽しくて、笑いが止まらない。
　そんな私に、彼は冷酷な獣の目を向けていた。
「行くぞ」
　迷いのない声で言われる。
「うん！　フフッ…ウフフフッ…」
　笑いながらうなずいた。
　ふたりは前に進む。
　手を繋ぎ、１歩前へ。
　宙を踏む足…。
　傾く体…。
　海に向け、垂直に落下していく。
　一緒に落ちるはずだった。
　永遠の愛を約束していた。
　それなのに…。
　繋いでいた手は、離されていた。
　落ちながら崖上を仰ぎ見ると、逆光の中、ニヤリと笑う口元が見えた。
　彼は飛び降りない。
　飛び降りるフリして、私をあざむいた。
　落ちるのは私だけ…？
　ううん…。
　"ソウハ　イカナイヨ"。
　私の左手には、透明な糸がまきつけてあった。

その長さは3m。
釣り用の頑丈な糸は、さっきの釣り具屋で買った品。
糸の先には釣り針もついている。
釣り具屋のジジイに教わり、はずれないよう、しっかり糸を結わえてある。
そして、その釣り針は…。
柊也先輩のジャケットの背中に、引っかけてあった。
ひとりで落ちる私を見て、彼は楽しそうに笑っていた。
しかし、狂喜する顔は、すぐに驚愕へと変化する。
ピンと張られた釣糸が、彼を奈落の底へと導いた。
強い力に引っ張られ、なす術なく、彼の体も宙に舞う。
私の左手に食い込んだ透明な糸は、皮膚を食い破り、ヌラリと赤く、血に染まっていた。
"赤い糸"で結ばれた、私と柊也先輩…。
なんて、ロマンチックなのだろう。

落ちながら赤い糸を手ぐり、彼を手元に引き寄せた。
最後に見た彼の顔は、白目をむき、裂けるほどに口を開け、断末魔の叫びをあげていた。
恐怖に狂い、体を震わせ、無我夢中で私を胸にかき抱く。
遥か下にあった岩場が、すぐそこに迫っていた。
くだけ散る波しぶきが、顔にかかる。
もう少し…。
あと少しで、あの岩に激突できる。
ふたりの体はグチャグチャに壊れ、血肉が混ざり合い、

永遠にひとつになれるのだ。
　うれしくて、笑い続けていた。
　興奮して、子宮がとろけそうな、極上の快感を味わった。
「ギャァァァアア…アﾞ…」
　彼の絶叫は、濁音を最後に途絶えた。
　肉体は破壊され、私の笑い声も波に消えた。
　すべてが思い通り。
　黒い愛は、究極の形で終結した……。
　……ハズだった。
　しかし……。

最終章
ココカラ フタタビ

目を開けると、白い空間にいた。
白い天井、白いカーテン、白いベッド…。
ここは、どこかの病院みたい。
全身、ガーゼと包帯で包まれ、ミイラ状態になっていた。
ベッドサイドには、パイプ椅子に座る母の姿。
疲れた顔で、ウトウト眠っている。
酸素マスクの中から、くぐもる声で呼びかけると、母はゆっくり目を開けた。
意識のある私を見て、少し驚き、迷惑そうな顔をしてため息をついた。
今の状況を、飲み込めずにいた。
何も覚えていなかった。
なぜ大ケガをして入院しているのか、頭の中は疑問符で埋めつくされた。
自分の身に何があったのか、尋ねると、
「親に迷惑かけんじゃないよ…」
そう言われ、1通の手紙を目の前に広げられた。

《お父さんお母さんへ
　柊也先輩の赤ちゃんができたけど、彼が結婚より心中したいと言うので、一緒に死ぬことにします。
　後始末よろしくね♪
　　　　　　愛美》

ドクロ柄のこの便箋を、可愛いと思い、買った覚えはある。

筆跡も私の字。

でも、書いた記憶がない。

柊也先輩…?

そんな人も知らない。

妊娠して、知らない人と心中なんて、そんなバカなこと、私がするはずないのに。

身に覚えはないが母が言うには、柊也先輩という男と崖から飛び降り、心中を図ったそうだ。

彼は即死。

私だけ奇跡的に一命を取り留めた。

なぜ奇跡が起きたかというと、彼に抱きかかえられ落下したため、グチャグチャにつぶされた彼の肉がクッションになり、岩への激突をまぬがれたのが原因だろうと、説明された。

それを聞いても、何も思わない。

悲しみも、後悔も、感動もない。

彼は知らない人。

名前も顔も、何も覚えていない人に、心は1mmも動かなかった。

意識を取り戻した日の夕方、帰っていく母と入れ違いに、見知らぬ中年女性がやってきた。

手にはお見舞いの花束。

複数骨折で、起き上がることのできない私を見て、彼女は涙を流す。

この人は誰だろうと、不思議に思う私に、深々と頭を下げ謝った。
「ごめんなさいね…。柊也が…柊也が…とんでもないことして…。妊娠させた上に、心中なんてバカなことを…。本当にごめんなさい…」
　その言葉で、この女性が柊也先輩という男の母親だと知った。
　疲労の濃い顔で悲しみの涙を流し、謝り続ける彼女。
　謝られても、彼に関するいっさいの記憶がないので、ピンと来ない。
　"妊娠、心中"。
　その言葉を、他人ごとのように聞き流した。

　それから数日が過ぎた。
　まだ体を動かせず、両腕骨折でスマホを持つこともできず、退屈していた。
　ひまつぶしに、私を妊娠させ心中を持ちかけたらしい、"柊也先輩"について考えていた。
　考えるといっても、どんな容姿なのかと、その程度。
　覚えていないので、感傷的になれない。
　ハッキリ言って、どうでもいい存在の彼。
　それでも退屈しのぎに考え続けていると、自分の中のある変化に気づいた。
　私の心に、今までなかった穴が開いていた。
　ぽっかり開いた大きな穴に、むなしい隙き間風が吹き抜

ける。
　夢と目標を失った…。
　よくわからないが、そんな気分になり、ため息をつきたくなる。
　この穴を、どうすれば埋められるだろう…。
　どうすれば、心に活力が戻るだろう…。
　退屈な日々の中、そんなことを考え続けていた。
　午後４時頃、病室に若い男性医師と、若い女性看護師が入ってきた。
　この医者は"緒方(おがた)先生"。
　研修医なので、まだ患者の受け持ちはできないが、指導医に言われた業務を、毎日コツコツこなしている。
　私の傷の消毒も、緒方先生の仕事。
　毎日朝夕やってきて、傷や手術創の具合をチェックし、消毒して去っていく。
　今日も包帯を解かれ、ガーゼをはがされ、肌をあらわにされる。
　新米医師の彼は、いつも真剣だ。
　ほかの先生達が適当に終わらせる仕事も、彼は慎重すぎるほど丁寧に行う。
　見落としがあっては大変だと、常に神経を張り巡らせているみたい。
　若い看護師からピンセットを受け取り、消毒液したたる綿花で肌に触れた。
　肉と肉の縫い目に、するどい視線を向ける彼。

獲物を狙う肉食獣を思い出し、その目にドキドキした。
　緒方先生って…イイかも…。
　肌をすべる消毒綿に、甘い刺激を感じながら、彼の顔をジッと見つめていた。
　若くて、そこそこ格好イイ。
　指先がきれいで、目に力がある。
　看護師の女どもが彼と話す時、声を半音上げると気づいていた。
　この人、きっとモテる…。
　まだ半人前の医者だけど、数年経てば自信もつき、もっともっと格好よくなりそう…。
　狙うなら、早めの方がいいと思った。
　何より、むなしい心の穴を早く埋めたかった。
　ピンセットを操る彼は、私の裸の肌に夢中。
　真剣な目をする彼に、話しかけた。
「緒方先生…」
「何だい？」
「単なる消毒を、そんな目でする医者は、あなただけですよ？」
「あ…。目つき怖い？　まだ新米だから、余裕なくてごめんね。これからは、気をつけるよ」
「いいえ、怖くないです。もっともっと真剣に、獣の目で私を見てください。ゾクゾクして…体の奥がしびれちゃう…フフッ」
　彼はピタリ手を止めた。

傷口から目を離し、恐る恐る私の顔を見る。
　ニッコリ笑ってあげたのに、なぜか彼は青ざめた。
　奇妙な間が数秒空き、隣に立つ看護師が、慌ててしゃべりだした。
「も、もう、愛美ちゃんたら。大人をからかうのはダメだよ？　緒方先生ね、院長の娘さんと婚約したばかりだから、惚れちゃダメ！　なんてね、あははっ…」
　へえ…。
　半人前の研修医が、院長の娘と婚約ね…。
　素敵なサクセスストーリー…。
　壊してあげたくなるネ……。
　退屈だった心が弾みだす。
　黒いエネルギーが溢れ、心の穴は見る見る黒く、ふさがれていく。
　腕も足も骨盤も、全身骨折だらけで、寝たきりだった私だが、痛みも感じず、ムクリ、ベッドに上体を起こした。
　驚く彼の手を握る。

「私、強敵がいるほど、燃えるんです。緒方先生、アナタを好きになっても……イイデスカ？」

【完】

番外編
白愛 〜黒愛依存症〜

高校に入学して半年が経つけど、私にはひとりも友達がいなかった。
　教室でひっそりと授業を受け、放課後になるのを待つだけの日々。
　やっと放課後になり、学生カバンを手に立ち上がる。
　帰ろうとしたところで、クラスメイトに呼び止められた。
「白川さーん、白川愛子ちゃーん、どこ行くのー？　まだ帰っちゃダメだよー？」
　ギクリとして、足を止める。
　ふり返ることができず、うつむいたまま。
　クラスの女子が３人寄ってきて、私を囲むように退路をふさいだ。
　ひとりが私のカバンを奪い、床に落として踏みつけた。
　学生カバンの代わりに持たされたのは、ごみ箱。
　みんなから"アーヤ"と呼ばれる茶髪の女子が、ニッコリ笑って私に言う。
「白川さん、掃除当番忘れてるよ？」
「あ、あの…。今日は私、掃除当番ではありません……」
　オドオドしながらそう言うと、笑い飛ばされた。
「今日は私の掃除当番なんだよ。私の当番は、白川さんが代わりにやってくれる約束だよね？」
「え？　あ、あの……」
　２週間前、アーヤに用事があると言われ、無理やり掃除当番をやらされた。
　代わってあげるのは、その一度きりのはずだった。

アーヤの掃除当番すべてを代わる約束なんか、していない。
　驚いて首を横に振ると、アーヤ達女子３人が、包囲網を縮める。
　持たされていたゴミ箱を、ひっくり返された。
　ジュースのベタベタした紙パックや、お菓子の袋、破れたノートに、鼻をかんだティッシュ……。
　汚いものが、私の足の上や教室の床に散らばった。
　アーヤの子分的存在、"メル"と"モモカ"にこう言われた。
「汚〜い！　白川愛子ちゃーん、ダメだよ散らかしちゃ」
「早く拾いなよ〜。白川さんは、掃除当番なんだから！」
　唇を噛みしめて、床にしゃがみ込む。
　散らばったゴミを、ひとつひとつゴミ箱に戻していく。
　アーヤ達３人は、私に掃除当番を押しつけて帰っていく。
「今日、どうするー？　ひまだし、カラオケ行くー？」
「行く行くー」
　そんな会話と明るい笑い声が、廊下に響いていた。

　悔しい……悔しい……。
　どうして私がいじめられないといけないんだ。
　家に帰って、自分の部屋に駆け込んだ。
　怒りをぶつける相手は、スマートフォン。
　高校入学時に買ってもらったスマホが、私の一番の友達だった。
　白川愛子という本名をもじり、"シロアイ"というハン

ドルネームで、ツイッターを始めた。
　そこに今日も、愚痴を書きまくる。

---

shiroai（シロアイ）
フォロー24　　フォロワー100

アーヤ達にまたいじめられました！
アーヤの掃除当番、すべて私にやらせるつもりです！
どうしていじめられるのでしょう？
悔しいです!!

　私のツイートは、いじめられ日記のようなものになっていた。
　フォロワーはちょうど100人。
　アーヤ達にされたことを書くと、気持ちが楽になり、見知らぬ人からの反応もたくさんあって、うれしかった。
『頑張って』
『私は味方』
『いじめる奴がバカ』
　100人の優しいフォロワー達は、いつもそんな言葉を返信してくれた。
　夜になる。
「ご飯だよ」

と言われ、リビングへ行った。
　両親と私の３人で、食卓テーブルを囲む。
　アーヤ達にはたびたび嫌がらせをされているけど、親には打ち明けていない。
　何となく言いにくい。
　お母さんは心配性だから、学校に電話しておおごとにされそうな気がする。
　それも嫌だった。
　他愛ない話をしながら夕食を食べ、お風呂に入る。
　お風呂の中ではメガネをはずすのでよく見えないけど、鏡はできるだけ見ないようにする。
　自分の顔は嫌い。
　一重まぶたも、厚めの下唇も、ニキビが目立つ汚い肌も、たるんだあごも全部嫌い。
　だから、目が隠れるほど前髪を長くしているし、肩までの髪を結ぶこともない。
　できるだけ顔を隠して、いつもうつむき加減に歩いている。
　お風呂から上がった後は、台所に寄って自分の部屋へ。
　手にしているのは、コーラのペットボトルとポテトチップス大袋。
　ベッドでゴロゴロしながら食べる時間が、至福のひと時。
　ポテトチップス大袋を一気に半分食べてから、スマホを開いた。
　ツイッターを見る。
　夕方の私のツイートに対し、もう21件の反応が入っていた。

『またアーヤなんだ。ホント性格悪い子だね。シロアイちゃん負けないでね！』
『先生や親に相談した方がいいと思います。シロアイさん、ひとりで悩まないでください』

　いつものフォロワー達が、今日も私に味方してくれる。
　予想通りの優しい反応に、満足していた。
　ポテトチップスの袋は、もうすぐ空になりそう。
　残り少ない貴重な１枚を手に取り、21件目の最後に入っているツイートを読もうとした。
　それは、初めて見る名前。
　私宛てに書き込まれた言葉を見て、ポテトチップスが口に入らず、手から落ちた。

---

kuroai　@shiroai
　シロアイちゃん、初めまして。私はクロアイ。
　名前似ているね。でも私にはあなたの気持ちが理解できない。
　嫌ならやり返せば？　ここで愚痴って満足するなんて、バカみたい。

ひどい……。
ひどい、ひどい!
いじめられているかわいそうな私が、バカだって?
クロアイ……。
なんてひどい人なんだ!
　今まで優しい同情ツイートばかりもらっていた私には、相当にショックな書き込みだった。
　ひとつひとつの反応に返事を書いたりしない私だけど、悔しくて、クロアイ宛てに返信ツイートを書いた。

---

shiroai　@kuroai
クロアイさんひどいです。傷つきました。
　私の現状を知らないくせに、簡単に仕返しとか言わないでください。
　アーヤ達は常に3人。3対1で勝てる訳ない。

　アーヤ達に立ち向かうことはできなくても、ネット世界では言いたいことが言える。
　言い返したことで、クロアイへの怒りは静まった。
　私の返信ツイートを見たら、クロアイはきっと反省するだろう。
『3対1なの?　知らなかった。大変だね』
　とか、

『傷つけてごめんね』
　とか、謝罪の言葉もあるかもしれない。
　そう思ってほくそ笑んだ矢先に、クロアイから新しい返信ツイートが入った。
　謝罪や反省を予想していた私は、クロアイからの予想外な言葉にまた驚かされた。

---

kuroai　@shiroai
シロアイちゃんは、頭の使い方知らない子みたいだね。
名前が似ているよしみで、教えてあげるよ。3対1でも10対1でも勝てる方法を。

　数日が過ぎた。
　初めは嫌な奴だと思ったクロアイは、今では私の救世主になっていた。
　ツイッターのメッセージ機能は、お互いしか見ることのできない便利な機能。
　そこを利用して、クロアイと毎日何度もやり取りした。
　私の置かれている状況をすべて伝えると、クロアイは的確なアドバイスをくれた。
　一方、私は、クロアイについて何も知らない。
　どこかの女子高生だということ以外、何も教えてくれない。
　どこの誰かは知らないけど、クロアイに強く惹かれていた。

やっと見つけた頼れる存在。

今まで同情ツイートをくれたフォロワー達が、どうでもよくなった。

クロアイの言う通りだ。

愚痴ってなぐさめられて満足しているだけなんて、バカみたい。

"嫌なら仕返しを"。

現状を変える努力をしないといけない。

私のことを一番親身に考えてくれるのは、クロアイじゃないかと、そんな気持ちになっていた。

月のきれいなある夜、ツイッターを開き、いつものようにクロアイに相談していた。

今日も、アーヤとメルとモモカに嫌がらせされた。

3人分の宿題をやってくるようにと、プリントを押しつけられた。

どうすればいいのか相談すると、クロアイはそのことには答えず、

『学校裏サイトってある？』

と聞いてきた。

うちの高校にも、先生や親達が知らない"学校裏サイト"は存在する。

管理人は不明。

サイト内はよくも悪くも、生徒達の思いで溢れている。

私がそのサイトに入ったのは、数回だけ。

『ブス』とか『デブ』とか『キモイ』とか、私に関する悪口を見つけたら嫌だから、見るのをやめていた。
　クロアイは他校の生徒なので、うちの学校の裏サイトに入ってはいけない。
　でも、『教えて』と言われ、サイトに入るパスワードを教えた。

　その翌日、クロアイは驚くことを言ってきた。
『メルの好きな男はサッカー部２年"HYT"って人。たぶん、ハヤトかハヤタか、そんな名前。10日前に告ってフラれたみたい。理由は貧乳だから。このことを知っているのはアーヤだけ。メルはモモカにも秘密にしている』
　どうやって、そんな情報をつかんだのか……。
　驚く私に、クロアイはさらりと言う。
『裏サイトの掲示板とチャットルームを、読みあさっただけだヨ』
　学校裏サイトは、みんな本名で書き込んだりしない。
　私がシロアイと名乗るように、アーヤ達もきっとほかの名前を使っているはず。
　書き込みの内容から人物特定するのは、うちの学校の生徒でも難しいのに、クロアイはそれをやってのけた。
　メルに関する秘密に興奮した。
　クロアイのすごさに、陶酔した。
『サッカー部の先輩に"ハヤト"って人います！　クロアイさん天才！　神様みたい！　あのメルに、そんな秘密が

あったなんて‼』
『喜ぶのはまだ早いよ。次はシロアイちゃんが動く番。この情報を使って、アーヤとメルをケンカさせてネ』
『はい！　頑張ります！』
　アーヤ達３人の関係は対等ではない。
　アーヤがリーダー格で、メルとモモカがくっついている感じ。
　クロアイは、アーヤからほかのふたりを引き離せと私に助言してくれた。
　３人をバラバラにしてから、アーヤを叩けばいいと教えてくれた。
　クロアイのくれた情報で、アーヤからメルを引き離す。
　いろいろと考えて、その準備をしてからベッドに入った。
　明日が来るのが楽しみで、興奮して寝つけない。
　そんな気分になったのは、小学生の遠足以来だった。

　次の日、うつむき加減の顔をいつもより上げて、校門をくぐった。
　学校についたのは、７時。
　運動部の朝練の生徒さえ来ていない、早い時間。
　生徒玄関の靴箱の前に立つ。
　私の靴箱には菓子パンのビニール袋と、飲み終えた紙パックのジュースが入っていた。
　菓子パンはアーヤがよく食べている、ココア蒸しパン。
　ジュースはメルの好きな、苺ミルク。

昨日のふたりは、私より後に帰った。
　帰り際、私の靴箱をゴミ箱代わりにしたようだ。
　ゴミを手に取り、ゴミ箱に捨てにいった。
　いつもなら悔しくて唇を噛みしめるところだが、今日は違う。
　これから起きることを想像すると、口元がゆるむのを隠せなかった。

　昼休み。
　教室の隅の自分の席で、ひとりでお弁当を食べていた。
　アーヤ達3人は教室の中央で、話しながら食べている。
　いつもはにぎやかでうるさく笑う彼女達が、今日は雰囲気が違った。
　ヒソヒソと相談するような話し声が、途切れ途切れに聞こえてきた。
「……でさ、やけに視線を……。知らない子までこっちを見て……」
「メル、昨日何かしたんじゃ……」
「わからな……気持ち悪……気のせいならいいけど……」
　今日のメルは、やけに注目されているみたい。
　その理由がわからず、気持ち悪がっている。
　気のせいだと思いたいみたいだけど、残念。気のせいじゃナイヨ。
　クスリ笑って卵焼きを口に入れた時、
「メル、ちょっと来て！」

番外編　白愛〜黒愛依存症〜　>> 273

　教室のドアから誰かが彼女を呼んだ。
「あ、真由ー。どした？」
　メルは自分を呼んだ女子のもとへ行った。
　真由と呼ばれた子は、たぶんメルと同じ中学の子。
　クラスが違っても仲がいいみたいで、たまに廊下で話している姿を見たことがある。
　真由の表情は浮かない。
　困っているような、哀れんでいるような、そんな顔でメルに何かを手渡した。
　メルが手渡されたのは、手のひら大のメモ用紙。
　真由がメルに何かを耳打ちしている。
・メモ用紙を見て、友達から何かを聞かされて、メルが青ざめた。
「なんで……。どうして!?」
　そう言った後、険しい顔してアーヤに駆け寄った。
　のんきにココア蒸しパンを食べているアーヤが、驚いていた。
「アーヤ!!　内緒にしてって言ったのに、何しゃべってんのよ!!」
　メルの怒りの理由が理解できないアーヤは困っていた。
　そんなアーヤに、メルがメモ用紙を叩きつけた。
　ここからその紙が見えなくても、何が書いてあるのか私は知っている。
『1年2組の坂下メルは、10日前にサッカー部2年のハヤト先輩にフラれました。貧乳は無理だと言われたそうです。

メルさんがかわいそうなので、みなさん励ましてあげてください』
　このメモ用紙を昨日手書きで50枚作り、今朝1年生の靴箱にランダムに入れておいた。
　メルの秘密は、公にされてしまった。
　恥ずかしいよね。
　フラれたことも、その理由も。
　メルの恥ずかしい秘密を知っていたのは、アーヤだけだと、昨日、クロアイが教えてくれた。
　目の前でメルとアーヤがケンカを始めた。
　アーヤが声を荒げる。
「私、誰にも言ってないよっ!!」
　メルがアーヤに詰め寄る。
「はあ？　まだとぼける気？　モモカにも言わなかったんだよ！　アーヤにしか教えてないのに、ほかにどこから秘密がもれると言うのよ!!」
　昼休みの平和な教室は、騒ぎになっていた。
　メルとアーヤが言い争い、面白がる男子が余計な野次をいれる。
　モモカはふたりの間で、オロオロしているだけ。
　私はお弁当を黙々と食べ続ける。
　嫌いなブロッコリーが入っていた。
　いつもは残すけど、今日は口に入れてみた。
「意外とおいしいカモ……」
　そうつぶやいて、ニタリと笑っていた。

帰ってから、早速クロアイに報告する。
『大成功です！　メルの奴、ぶち切れでした。アーヤは逆ギレ。我慢できず笑ってしまいました！』
　すぐに返事が書き込まれた。
『シロアイちゃん、よかったネ。無事に離れたふたりはそれでいいとして、モモカはどっちにつきそう？』
　そう聞かれて考えた。
　モモカはふたりの間でオロオロしているだけに見えた。
　３人の中で、モモカが一番弱いと思う。
　アーヤがこっちに来いと言えば行くだろうし、メルがこっちと言えば、メルの方にも行きそう。
　それをクロアイに伝えると、次はこんなアドバイスをしてくれた。
『モモカを"コウモリ"にしてみなヨ。どっちにもイイ顔していれば、ふたりに嫌われる。そんな立場にさせちゃえばいい』
　コウモリとは、イソップ童話に出てくる卑怯者のこと。
　鳥に対しては「自分は鳥の仲間だ」と言い、獣に対しては「自分はネズミに近いから、獣の仲間だ」と言う。
　どっちにもイイ顔見せたコウモリは、最後は鳥にも獣にも嫌われてしまう。
　モモカをコウモリに……。
　クロアイに言われて開いたのは、学校裏サイト。
　活躍中の掲示板をいくつか見て、『ウワサ好きの集会！』というスレッドを選び、初めて書き込んだ。

61:シロアイ　4/22 22:14
　１年２組で、仲良し女子３人組のケンカがありました。
完全に別れたＡ子とＢ子。
Ｃ子がどっちにつくのか興味津々です。
今後の彼女達を観察します。

　書き込むと、数分後に反応があった。

『61のレスの件、私も知ってるー。友達に聞いたー。すごかったらしいねー。生でケンカ見たかった♪』
『うちはのぞきにいったよ。Ｃ子wwwがどっちにつくか、うちも興味ある。61のシロアイちゃん、何かわかったらカキコよろしくー』

　モモカがどっちにつくのか、みんなも興味があるみたい。
　クロアイはさらにこんなことも教えてくれた。

『たとえ事実とは違っても、カキコミを信じる人達が、嘘を真実に変えてくれる。掲示板をうまく使いこなして、モモカをコウモリにしちゃいナ。いつかシロアイちゃんが、アーヤの上に立てるヨ』

　クロアイの言葉にゾクゾクした。

自分がアーヤを踏みつけている姿を想像し、快感に鳥肌が立った。
　笑いながら今日はもうひとつだけ、掲示板に書き込んだ。

64:シロアイ　4/22 22:43
あの３人について、また明日状況報告します。
みなさん読みにきてくださいネ。

　楽しくて、笑いが止まらない。
　クロアイに出会えたことを、幸運に思っていた。
　"カキコミを信じる人達が、嘘を真実に変えてくれる——"。
　そんなクロアイの助言に従い、学校裏サイトの掲示板に、モモカの嘘情報を流し続けた。
　ある日はこんなカキコミを。

71:シロアイ　4/24 18:15
　女子トイレでＣ子とＡ子が、Ｂ子の悪口言ってました。
「Ｂ子ってホント胸ないよねー。先輩にフラれてかわいそうだけど仕方ないよね。貧乳は事実だし」
　そう言ってました。

別の日はこんなレスを書き込んだ。

86:シロアイ　4/26 19:26
　屋上でC子とB子は、A子の悪口言ってました。
「A子はムカつく。B子の秘密もばらまいて最低。偉そうで前から気に入らなかった」
　そう言ってました。

　すべてはクロアイの言った通りだった。
　嘘のカキコミを信じる人達が、こんな反応をするようになっていた。

『C子って何なの？　どっち派なの？』
『いるよねー。どっちにも適当に話合わせてイイ顔したい奴』
『C子は卑怯者。童話のコウモリみたいww』

　掲示板のウワサがひとり歩きしていた。
　実際のモモカは、ふたりを仲直りさせようと頑張っていたのに、アーヤにもメルにもイイ顔する卑怯者だと、嘘の真実が作り上げられた。
　モモカはコウモリ。
　ついにモモカは、ふたりから絶縁されてしまった。

今日、女子トイレに入ると、真っ赤な目をしたモモカが手を洗っていて、鏡越しに私と目が合った。
　今までなら、
「キモイから見ないでよ」
　とひどい言葉を言われたけど、今はもう、いじめる気力がないみたい。
　私より先にモモカが目をそらした。
　わざとぶつかってくることもなく、脇をすり抜け、トイレから出ていくだけだった。
　残りはアーヤ。
　子分ふたりが離れて、丸裸になった女王様。
　アーヤをどうしてやろうか……。
　今夜もクロアイに相談してみよう。
　きっとワクワクする助言を与えてくれるだろう。

　クロアイが私の前に降臨してから、２ヶ月が過ぎていた。
　お昼休みの私は、友達と４人で、楽しくお弁当を食べていた。
　友達のひとりが言う。
「愛子ちゃん、変わったよねー。何kgやせたの？」
　別の女子も言う。
「体重だけじゃないよ。別人って感じ。初めは暗いし地味子だったし……あ、愛子、ゴメーン！」
「いいよー。地味子だったのは本当のことだもん。変わる努力をしないといけないと思ったの。クロアイが私を変え

てくれたんだー。うふふ」
「クロアイ？　それって誰？」
　私の見た目はすっかり変わっていた。
　ダサメガネをコンタクトに替えた。
　一重まぶたは毎朝30分かけ、アイプチでパッチリ二重に作っている。
　顔を隠していたモッサリ重たい髪の毛は、軽くすいて、今では焦げ茶色の、快活なショートボブ。
　何より2ヶ月で8kgも痩せたのが、大きな変化。
　夜中のポテトチップスもコーラも封印し、運動と美容に励んだ結果が今の私。
「愛子ちゃん肌キレー。ツルツルでいいなー」
　食事にもかなり気をつけたせいか、ニキビはすっかり消えていた。
「3組のトオルくんが、愛子の唇がセクシーと言ってたよ〜」
　今までコンプレックスだった厚い下唇も、ほかが可愛くなればチャームポイントに変わっていた。
　私がこんなに頑張って変わった理由は"アーヤの上に立つ"ため。
　まだダサくて暗い私だった時、クロアイにこう言われた。
『シロアイちゃんて、きっと見た目ヤバイでしょ？　まず変わりな。可愛くなりな』
『無理です……。ブスでデブで、暗いので……』
『デブと暗いのは、努力次第で変わるよね？　元がブサイクでも、メイクやしぐさで可愛く見せることも可能だから』

アーヤに仕返ししたいなら、まず自分を変えろとクロアイに言われた。
　その仕返しとは———。

　アーヤ、メル、モモカはあれから離れたままだった。
　友情は完全に壊れ、修復不可能みたい。
　昼休み、メルとモモカは教室から出て、それぞれ別の場所に消えていった。
　アーヤは自分の席でひとり、静かにパンを食べている。
　友達に囲まれにぎやかな私と、ひとりぼっちのアーヤ。
　立場が逆転して、見ているだけで気持ちいい。
　でも、仕返しはこれじゃない。
　クロアイはそんなヌルイことを提案しない。
『奪っちゃいなよ。アーヤの一番大切なものヲ……』
　楽しくお弁当を食べながら、クロアイに言われた言葉を思い出した時、アーヤが椅子を鳴らして立ち上がった。
　うれしそうな顔して、食べかけのパンを持ち、教室から出ていこうとしている。
　教室のドアから顔をのぞかせているのは、アーヤの彼氏だ。
　２年生剣道部の、そこそこイケメン。
　中学からの付き合いで、アーヤは彼氏を追いかけこの高校に入学したらしい。
　私がいじめられていた頃、彼氏がうちのクラスに顔を出すことはなかった。
　アーヤには彼氏がいないと思っていたくらいだ。

ところが最近、アーヤの彼氏はよくうちのクラスに顔を出す。
　きっと彼女を心配しているのだろう。
　ふたりは、廊下に出ていった。
　私は食べかけの箸を置いた。
　友達に、
「ちょっと待っていてね」
　と断ってから、あるものを持ち、教室を出た。
　廊下に出て左右を見る。
　並んで歩くふたりの背中を見つけ、駆け寄った。
「アーヤ、待って！」
　後ろから呼びかけると、
　足を止めふり向いたアーヤが、驚いた顔をした。
　私から話しかけたのは、初めてかもしれない。
　"アーヤ"なんて親しげに呼ぶのも、当然初めて。
　驚いているアーヤの手の中に、持ってきたものを押し込んだ。
　それは透明のビニールに入れた、チョコチップクッキー。
　ビニールの口をピンクのリボンで縛り、可愛らしくラッピングしてある。
　いかにも手作りに見えるそれは、本当は市販品。
　近所の洋菓子店で買ったクッキーを、手作り風にラッピングし直したのだ。
「は？　何これ？」
　眉間にシワを寄せ、アーヤが聞く。

それに対し、ニッコリ笑って親しげに答えた。
「ふふっ。あのね、最近お菓子作りにはまっているの。今、友達みんなに配っているところなんだ。アーヤにもあげるね。よかったら彼氏さんと一緒に食べてね！」
　アーヤの眉間のシワが深くなる。
　そんな彼女に対し、私はあくまでにこやかに接する。
　アーヤに笑いかけてから、隣に突っ立っている彼氏にも笑顔を向けた。
　髪を耳にかけ、小首を傾げて微笑む。
　それが男子が女子にキュンとくる仕草だと、雑誌に書いてあった。
　上目遣いに１秒視線を合わせると、彼氏のほおが赤く染まった。
「いらないし！」
　アーヤが私にクッキーを突き返す。
「そんな……　せっかく作ったのに……」
　私は悲しそうな顔をしてみせた。
　彼氏がアーヤを諫めた。
「アーヤ、そんな態度を取るから、お前は誤解されるんだよ。友達は大事にしな。えーと、何ちゃんかな？」
　彼氏が私に話しかけてきた。
「白川愛子です。アーヤの彼氏さん、カッコイイですね。アーヤがうらやましい！」
　ニコニコと笑顔を向ける私と、顔をゆがめて、にらみつけるアーヤ。

どちらが可愛く見えるのか……。
そんなの、言うまでもない。
「ごめんな、最近のコイツ、機嫌悪くて……」
フォローしようとする彼氏は自分の彼女を"コイツ"と言い、
「愛子ちゃん、こんな奴だけど、友達やめないでやってね」
私のことは、名前で呼んでくれた。
彼のお願いに、ニッコリ笑顔でうなずいた。
「はい、もちろんです。そうだ！　アーヤが受け取ってくれないなら、このクッキー彼氏さんが食べてください。頑張って作ったので。ふふっ」
アーヤに返されたクッキーを、彼氏の手の中に入れた。
彼は嫌がらなかった。
キュッと彼の手をひと握りしてから、アーヤに、
「邪魔してゴメンね」
と言って背を向けた。
アーヤの彼氏……。
また赤くなってた。
これもクロアイの言う通りだ。
"元がブサイクでも、メイクやしぐさで可愛く見える——"。
さっそくクロアイに報告しないと。
アーヤの大切な彼氏、簡単に奪えそうな気がスルと……。

アーヤの彼氏を奪うため、クロアイはさらに私に指示を出す。

その指示に従い、シロアイは学校裏サイトの掲示板にたびたび出没していた。
　カキコミは、こんな内容。

『1年2組のショートボブの子、可愛いですよね。彼女、今フリーだから、狙っている男子多いみたいです』
『1年2組のあの子、昨日告られてました。聞こえた会話によると、好きな人がいるからと言って断っていました』
『最近ウワサの1年2組の可愛い子、辛い片想いしているそうです。好きになった人が、たまたま友達の彼氏だったそうで、切ないですね』
『新情報です！　話題のあの子の好きな人は、剣道部の2年生らしい』

　シロアイのカキコミで、私はたちまち注目の人になっていた。
　中休みや昼休みには、私を見にきた他クラスの生徒たちで、教室のドア前が混み合ってしまう。
　声をかけられるたびに、照れたように微笑んで見せ、精いっぱい、可愛く見えるように頑張った。
　その成果が現れたのは、自分についてのカキコミを始めて2週間後のこと。
　アーヤが学校を休んでいた。
　最近割と元気そうだったのに、休み始めて今日で3日になる。

彼女のいない３日目に、私はアーヤの彼氏に呼び出された。
　放課後の体育館裏に呼び出すという、よくあるシチュエーション。
　言われる内容はわかっているけど、
「お話って、何ですか？」
　と小首を傾げて聞いてみる。
　彼は赤い顔して言った。
「愛子ちゃん、学校裏サイト見てる？」
「学校裏サイトですか？　聞いたことはありますけど、見たことはないです。私の悪口とか見つけちゃったら、ショックだから……」
「悪口なんか書いてないよ！　愛子ちゃんのことは、可愛いとか、男はみんな狙ってるとか……。とにかく、いい評判ばかりだよ！」
　シロアイがまいたウワサを、彼もしっかり読んでいた。
　褒めまくる彼。
　モジモジと恥ずかしがる私。
　照れているふりをしながら、内心イライラしていた。
　私に対する褒め言葉は、すべてシロアイが書き込んだもの。
　そんなの知っているから、早く本題に入れと言いたくなる。
　さんざん褒めちぎってから、彼はやっと本題に入った。
「愛子ちゃんの好きな男が剣道部の２年で、友達の彼氏ってウワサ……本当？」
「え!?　違う…あ、違わないんですけど、アーヤから奪おうとか思ってない……。ああっ！　私ったら本人に言っ

ちゃった!　片想いでいいんです!　ごめんなさい、聞かなかったことにしてください!」
　背中を向けて逃げ出すふりを見せると、彼が慌てる。
　走りだした私を捕まえ、後ろから抱きしめた。
「逃げなくていい!　俺、アーヤと別れたんだ」
　知ってるヨ。
　『失恋した女子のたまり場』という掲示板に、アーヤがフラれたと書いていたから。
「えっ?　別れた?　あんなに仲良かったのに…どうして……」
　驚いて見せる私に、彼は言葉を重ねる。
「愛子ちゃんを好きになったから……。アーヤには悪いけど、この気持ちはごまかせない。愛子ちゃん、俺と付き合って?」
　アーヤの彼氏…いや、元カレに、好きだと言われた。
　付き合ってと頼まれた。
　笑いをこらえるのが大変で、両手で顔をおおって表情を隠した。
「驚かせてごめん。俺も君が好き。もう片想いじゃないから、泣くなよ……」
　泣いているとカン違いした彼が、私を優しくなぐさめてくれる。
　ああ——。
　早く帰りたい。
　早く帰って、クロアイに報告したい。

私をいじめていたアーヤから、一番大切なモノを奪うことができた。
　この瞬間のために、ダイエットに美容に、掲示板のカキコミに……。
　無理して愛想を振りまいた努力の日々。
　私の努力を知っているのは、クロアイだけ。
『シロアイちゃん、頑張ったね！』
　そんな風に褒めてくれるだろうか？
　クロアイは……。
　クロアイに……。
　クロアイなら……。
　彼の腕の中、私の頭はクロアイでいっぱいだった。
　初めてできた彼氏に、少しもドキドキしない。
　私をドキドキゾクゾクさせてくれるのは、もうクロアイしかいなかった。

　家に帰り、部屋に駆け込み、クロアイに報告する。
『クロアイさん、やりました！　ついにアーヤの彼氏に告られました！　アーヤはフラれたことが相当ショックみたいで、今日も学校休んだんですよ!!』
　テンション高めの私のメッセージに、かなり時間をおいてからクロアイの返事が書き込まれた。
『シナリオ通りに進めば、そうなって当たり前。シロアイちゃんにはよかったことでも、私はつまらないよ。もっと面白い話ないの？』

あれ……？
つまらないと言われ、驚いた。
いつも親身にアドバイスをくれるクロアイなら、仕返しの成功を喜んでくれると思ったのに。
"つまらない……"。
私はクロアイを退屈させているのだろうか？
そう思うと喜びは消えて、たちまち不安になった。
慌てた私は、こう返信した。
『面白い話、あります！ 実は、一緒にお弁当食べている友達のひとりが、陰で私の悪口言っているというウワサが……。元地味子が最近調子に乗ってるとか、男に媚びてるとか言ってるそうです。仕返ししたいので、アドバイスお願いします！』
『いいネ。その話は面白い。その子について詳しく教えて？ 敵は排除しないと。シロアイちゃん、また楽しくなってきたネ』
楽しくなってきたと言われ、ホッと胸をなで下ろした。
嫌なことをされたら仕返しを——。
それは、自分のためであったはずなのに、気づけばクロアイを楽しませる目的に変わっていた。
私は、クロアイ依存症かもしれない。
それでもいい。
私には、クロアイが必要だから。

クロアイと出会ってから、4ヶ月が過ぎた。

ツイッターのメッセージ機能で毎日やり取りしていたのに、最近のクロアイは、２日おき３日おきと、現れる頻度が減っていた。
　クロアイに飽きられる恐怖におびえていた。
　彼女を楽しませたくて、問題を作ろうとしてしまう。
　学校裏サイトに、ついついらないカキコミをしてしまった。
『１年５組のMKさん達女子３人が、NHさんをハブにする相談していました』
『１年６組、あの有名なカレカノに暗雲が。女の方に浮気発覚。他校男子と駅前でキスしていました』
『１組のモテ子、Ｓ奈ちゃん。胸が大きいと自慢しているが、本当はＡカップ。ブラのパットは５枚重ね』
　シロアイの名前で、いろんな掲示板にカキコミしまくる日々。
　たび重なる中傷レスに、ある日ひとりが、
『シロアイって誰だ？』
　と言い始めた。
　どうしようとあせった時には、遅かった。
　シロアイが褒めているのは、白川愛子…私だけ。
　今までのカキコミ内容を調べられ、ついに正体を突きとめられてしまった。
　これまでの努力が、水の泡になる。
『お前、サイテー。別れるから二度と話しかけんな』
　優しかった彼氏からLINEが入り、突然捨てられた。

アーヤの彼氏だから、奪って付き合っただけの人。
　彼のことなどどうでもいいはずなのに、なぜかショックを受けていた。
　今まで仲良くお弁当を食べていたクラスの女子達も、私を無視するようになる。
　廊下を歩けば、「クソ女が来た」と言われ、誰かに背中を押されて、階段から落ちたこともあった。
　アーヤとメルとモモカは、仲直りしてしまった。
　3人には前よりひどいイジメを受けている。

　ある日、アーヤ達に靴に泥水を入れられ、仕方なく上靴で帰った。
　洗面所の鏡を見ると、マスカラが涙で流れ、黒い涙の筋がついていた。
　部屋に駆け込み、鍵を閉め、カーテンも閉めた。
　暗い部屋の中でベッドに座り、スマホを取り出す。
　すがる思いで、クロアイにメッセージを送った。
『クロアイさん、助けてください！　シロアイの正体がバレてしまいました。前よりもっといじめられています。どうすればいいですか？　教えてください！　助けてください!!』
　私からクロアイに、毎日何度もメッセージを送っている。
　それに返事があるのは時々、10回に1回くらい。
　私の話はつまらないの？
　クロアイを楽しませることができないの？

でも……大丈夫。
　今の私は、ひどいいじめにあっているから。
　５ヶ月前、私のいじめられ日記のようなツイッターに、クロアイが現れた。
　私を見つけて、助けてくれた。
　今回も、助けてくれるはず。
　私のことを親身になって考えてくれるクロアイなら、きっとまた助けてくれるはず。
　暗い部屋の中に、スマホ画面だけが光を放っていた。
　泣きながら待つこと２時間で、やっとクロアイから返事が返ってきた。
　涙でぐちゃぐちゃの顔に、新たなうれし涙が流れた。
　期待を込めて、黒い文字列を追う。
『私は今、忙しい。運命のカレを見つけたの。どうやって手に入れようか考えているところ。だから、もうくだらないひまつぶしには付き合わないよ。バイバイ、シロアイちゃん』
　クロアイにとって私は……。
　くだらないひまつぶしに過ぎなかった。
　衝撃の事実に、スマホが手からすべり落ちる。
「お願い……助けてよ……クロアイ……」
　床に落ちたスマホのディスプレイが、暗転した。
　どんなに助けを求めても、二度とクロアイが現れることはなかった。

【終わり】

あとがき

　この度は数ある文庫本の中から『黒愛』を手に取って下さり、誠にありがとうございます。
　狂愛女子高生物語は、お楽しみいただけたでしょうか？
　主人公愛美のまっすぐな恋愛の中に、恐怖と可愛らしさ、二つを感じていただけたならうれしく思います。

　この物語は、真冬の一月半で一気に書き上げた作品です。
　私の住む北国は、一年の内3分の1は雪に埋もれてしまいます。
　寒いので家に籠もっていると、鬱々として気持ちも黒くなり……。
　そんな黒い気持ちを、作品に生かしてみました♪
　主人公が悪女という設定は、珍しさがあって良いのではないかと思ったのですが、書き進める内に徐々に不安になりました。
　読んで下さるのは、きっと十代の若い読者様。
　成長期の皆さんに悪い影響を与えたらどうしようと、そんなことを考えてしまいました。
　なので、ここで一言いわせて下さい！
　主人公愛美の真似をすると……。
　最後は崖から落ちることにナリマスヨ。
　黒い純愛は物語の中だけにして、皆さんは清く正しく美

しく、真っ白な恋愛をして下さいね♪

　ケータイ小説サイト『野いちご』には、本作品以外にもたくさんの作品をご用意しております。
　純愛、ホラー、ミステリー、歴史と、ジャンルは様々です。
　私の作品に興味を持って下さった方は、是非サイトの方にも遊びに来て下さい。お待ちしております。

　野いちごサイトで執筆中は、たくさんの感想と応援をいただきました。
　本当にありがたく、毎日の更新の力となっていました。
　応援して下さった皆さまに、この場を借りてお礼申し上げます。

　最後になりますが、『黒愛』を評価し書籍にして下さったスターツ出版社の皆さま、貴重な体験をさせて下さり、本当にありがとうございました。
　これからも書き続けていきますので、よろしくお願いします。

　読んで下さった全ての方に感謝して……。

2014.11.25　藍里まめ

この物語はフィクションです。
実在の人物、団体等とは一切関係がありません。

藍里まめ先生への
ファンレターのあて先

〒104-0031
東京都中央区京橋1-3-1
八重洲口大栄ビル7F

スターツ出版(株)書籍編集部 気付
藍里まめ先生

KEITAI
SHOUSETSU
BUNKO
野いちご SINCE 2009

黒愛 〜kuroai〜
2014年11月25日　初版第1刷発行

著　者	藍里まめ
	©Mame Aisato 2014
発行人	松島滋
デザイン	カバー　川谷デザイン
	フォーマット　黒門ビリー&フラミンゴスタジオ
DTP	株式会社エストール
編　集	倉持真理　加門紀子
発行所	スターツ出版株式会社
	〒104-0031 東京都中央区京橋1-3-1　八重洲口大栄ビル7F
	TEL 販売部03-6202-0386（ご注文等に関するお問い合わせ）
	http://starts-pub.jp/
印刷所	共同印刷株式会社
	Printed in Japan

乱丁・落丁などの不良品はお取替えいたします。上記販売部までお問い合わせください。
本書を無断で複写することは、著作権法により禁じられています。
定価はカバーに記載されています。

ISBN 978-4-88381-907-2　C0193

ケータイ小説文庫　2014年11月発売

『イケメン4兄弟と危険な同居生活』　美南海・著

両親を事故で亡くし、父から相続した豪邸に移った高2の柚姫。でも、その家は大金持ちの池原グループに買収されていて、クールな李斗、チャラい玲徒、ミステリアスな來人、可愛い系の志十の"池原イケメン4兄弟"のモノになっていた！4人と同居することになった柚姫が恋をした相手とは…!?
ISBN978-4-88381-908-9
定価:本体550円＋税

ピンクレーベル

『獣系男子×子羊ちゃん』　碧井こなつ・著

高1のモモは恋愛免疫力ゼロの美少女。彼女の携帯電話に気味の悪いストーカーメールが続々と届きだしたことから、モモは大好きな兄にボディガードをしてもらっていた。でも、ある日、兄のピンチヒッターとして現れた黒髪イケメンの蒼介が、モモと急接近！　ふたりの関係は恋へと発展する!?
ISBN978-4-88381-909-6
定価:本体540円＋税

ピンクレーベル

『恋蛍』　高橋あこ・著

父親の都合で沖縄に移住することになった陽妃。彼氏とは別れ、傷心の想いで与那星島での暮らしが始まる。人を信じられなくなった陽妃は島で年下の美少年、海斗と出会う。不思議な魅力を持つ彼は優しく接してくれ、陽妃は心癒されるが実は海斗には壮絶な過去があった！　号泣必至の物語。
ISBN978-4-88381-906-5
定価:本体630円＋税

ブルーレーベル

『君ノート』　＊メル＊・著

複雑な家庭事情で声が出なくなってしまった高1の花音は、友達も作れず暗い毎日を過ごしていた。唯一の楽しみは、空き教室でピアノを弾くこと。ある日、2年生のさわやか男子・優に出会った花音。それから、優はなぜか花音にかまうようになり、「これで話そう」とノートとペンを渡してきて…？
ISBN978-4-88381-911-9
定価:本体550円＋税

ブルーレーベル

ケータイ小説文庫　大人気のブラックレーベル

『ダ・ル・マ・さ・ん・が・コ・ロ・シ・タ』信道正義・著

【これは呪われたゲームです。午前3時3分に鬼が「ダルマさんが転んだ」と唱えます。鬼に捕まった者は、罰として手足を失います…】そんな都市伝説をネットで見て、高3の敬太は、沙奈たち仲間6人とノリで始めてしまう。言葉を唱えたあと出現したのは…!?　呪いを解くまで終わらない死のゲーム!!

ISBN978-4-88381-796-2
定価:本体 550円+税

ブラックレーベル

『ダ・ル・マ・さ・ん・が・コ・ロ・シ・タ～死の復讐ゲーム～』信道正義・著

高3の敬太は、沙奈たち仲間6人と始めてしまった呪いのゲーム『ダルマさんが転んだ』で4人を失った。でも、残された敬太と沙奈で"終わりの儀式"を実行し、呪いは終焉を迎えたはず。でも33日後、付き合いだした2人の前に再び現れたのは…？　ゲームはオワラナイ!?　呪いのループに怖さが止まらない続編！

ISBN978-4-88381-898-3
定価:本体 540円+税

ブラックレーベル

『うしろの正面だーあれ～少女達のあやまち～』ぴよ子・著

体の発育が良かった美津はクラスの女子からの反感を買い、ある日、かごめかごめの遊びの最中に、朝子を始めとする5人の少女に殺される。調子に乗った少女達は義孝という少年も殺してしまう。しかし美津や義孝の呪いか、少女達は次々と不慮の事故に!?　悪戯な遊びが恐ろしい事件を引き起こす！

ISBN978-4-88381-827-3
定価:本体 540円+税

ブラックレーベル

『うしろの正面だーあれ～それぞれの罪～』ぴよ子・著

高校生になった咲子達は、子供の頃に犯した罪をすっかり忘れていた。リーダーの憂と沙良のおかげで、問題児だった杏奈もクラスでの息を潜め、時は平和に過ぎていくように見えた。しかし、咲子が狂い出したり、憂が事故にあったりと悲惨な事件が起きてしまう…。かごめかごめの悲劇が再び蘇る！

ISBN978-4-88381-838-9
定価:本体 530円+税

ブラックレーベル

ケータイ小説文庫　大人気のブラックレーベル

『カラダ探し（上）』 ウェルザード・著

「ねえ、明日香……私のカラダを探して」学校にまつわる赤い人の怪談。明日香達は、夜の学校で友人の遥のバラバラにされたカラダ探しをすることに。カラダをすべて探さないと赤い人に殺され続ける。赤い人の正体は？　遥はなぜカラダ探しを頼むの？　激ヤバケータイ小説第一弾！

ISBN978-4-88381-755-9
定価:本体 560 円+税

ブラックレーベル

『カラダ探し（下）』 ウェルザード・著

夜の学校で、友人の遥のバラバラにされたカラダを探し続ける明日香達。カラダ探しの謎を知る八代先生、狂気にとまどう仲間達、赤い人の正体、徐々に明かされていく赤い人の謎には悲しい話が秘められていた！　明日香達を襲う衝撃の結末が待っている！　激ヤバケータイ小説第一弾！

ISBN978-4-88381-765-8
定価:本体 580 円+税

ブラックレーベル

『カラダ探し～第二夜～（上）』 ウェルザード・著

"赤い人を見たらふりかえるな"学校にまつわる赤い人の噂。「バラバラにされたカラダを探して」と明日香に頼まれた美雪達は、高広の最愛の人を助けるために、夜の学校でカラダを探す。呪いを解くべく、赤い人が住んでいた家に足を踏み入れると!?　『カラダ探し』待望の第二弾！

ISBN978-4-88381-806-8
定価:本体 570 円+税

ブラックレーベル

『カラダ探し～第二夜～（下）』 ウェルザード・著

"赤い人を見たらふりかえるな"学校にまつわる赤い人の噂。呪いを解くべく、赤い人が住んでいた家に足を踏み入れた美雪達が目にした幻には、悲しい真実が隠されていた。さらに、変化する「昨日」で美雪達は大切な人を失い絶望する。ヒビ割れた世界で呪いは解けるのか!?

ISBN978-4-88381-816-7
定価:本体 560 円+税

ブラックレーベル

ケータイ小説文庫　大人気のブラックレーベル

『カラダ探し〜第三夜〜（上）』ウェルザード・著

「あなた、死ぬわ」。謎の転校生、美紗に死を告げられた留美子は、夜の校舎で、赤い人のカラダ探しをするはめに。すべて揃えれば「元の世界」に戻ることができるが、失敗すれば死が待っていた。友人の死か、呪いを解くか…留美子が取った選択肢は？　超人気作『カラダ探し』待望の第三弾！

ISBN978-4-88381-876-1
定価:本体 570 円＋税

ブラックレーベル

『カラダ探し〜第三夜〜（下）』ウェルザード・著

ひび割れた世界の中で、美子のカラダを探し続ける留美子達。謎の少女、美紗の願い通りにカラダをすべてそろえれば、呪いは解かれるが、そうすれば元の世界に存在しない友人が抹消されるという結果に留美子は苦しむ…最終的に留美子が選んだ選択肢は？　超人気作『カラダ探し』待望の第三弾！

ISBN978-4-88381-887-7
定価:本体 570 円＋税

ブラックレーベル

『44チャンネル』碧海景・著

高3の京は、都市伝説好きの杉森から"44チャンネル"の話を聞く。手順をまちがえずに無事、番組が始まればいいことが起きるが、失敗すると「あの子がムカエニクル」と遺書を残して自殺する。死体には目がないという…。翌日、杉森が自殺し、京は片想い相手の汐見を守るため、呪いを解く方法を探るが!?

ISBN978-4-88381-870-9
定価:本体 540 円＋税

ブラックレーベル

『ナナツノノロイ』北沢・著

高1の奈々子は、友達のマリのわがままに嫌気がさし、彼女を嫌う愛華らと組んで殺してしまう。しかしその後、マリの怨念なのか、奈々子たちに呪いの予言メールが届き、ひとりひとりが謎の死をとげていく。次のターゲットは私!?　少女同士の醜い争いが残酷な事件を次々と巻き起こす！

ISBN978-4-88381-857-0
定価:本体 510 円＋税

ブラックレーベル

ケータイ小説文庫 好評の既刊

『いじわるなキミに恋をする』 にこ♪・著

高1の花音と朔弥は、隣の家に住む幼なじみ。ある日、おたがいの両親が海外へ行ってしまったことで、ふたりきりの同居生活が始まる。花音は朔弥のことを、ただのいじわるな幼なじみだと思っていたのに、学校で朔弥が女の子たちにかこまれているところを見て、なぜかモヤモヤしてきて…？

ISBN978-4-88381-810-5
定価:本体 510 円+税

ピンクレーベル

『Last Mission』 黒髪・著

高2の里緒菜の左腕には、生まれつき謎の刻印が存在する。その刻印は時に人間離れした爆発的な力を与えるため、里緒菜は孤独で悲惨な過去を背負ってきた。そんな彼女の心の支えである兄が、ある日、極悪非道な最強の族「清来」に拉致されてしまう。里緒菜の怒りの先に、待っていたものは…!?

ISBN978-4-88381-891-4
定価:本体 550 円+税

ピンクレーベル

『君とさよならの時間』 マポン・著

幼い頃から不治の病を抱えた愛美は、長年、病院での闘病生活が続き、孤独だった。家族から見放され、友達もいない。余命わずかな中でも「普通の生活を送りたい」と、愛美は高1の春から学校に通う。そこで出会ったのが隣の席の不良・尋。ふたりは心を通わせ、恋におちていくが…。最期の恋に涙がとまらない!!

ISBN978-4-88381-890-7
定価:本体 520 円+税

ブルーレーベル

『恋色オレンジ』 幸・著

高校生のミチは、翔、マナ、ナオ、タクと仲良し5人組。何をするにも常につるんでいるが、翔が他の女の子に告白されたり、先輩と付き合ったりしたことで、ミチは翔への想いに気づく。友達の関係を崩したくなくて、自分の想いを秘めるミチだが…。友情か、恋か。切ない恋の、青春ラブストーリー。

ISBN978-4-88381-784-9
定価:本体 520 円+税

ブルーレーベル

ケータイ小説文庫 好評の既刊

『無愛想なキミが大好きです！』 未桜華(みおうか)・著

高1の琴葉は、同じクラスの隆太に片想い中。隆太は超無愛想なクール男子で、琴葉が話しかけても冷たい態度。そんなある日、放課後の教室で、琴葉がつらい過去の夢を見て泣いていたところ、隆太に見られてしまう。隆太はその日から、笑顔の裏に悲しみを抱える琴葉のことが気になりだして…？

ISBN978-4-88381-880-8
定価：本体530円＋税

ピンクレーベル

『涙想い』 善生茉由佳(ぜんしょうまゆか)・著

中3の水野青は同い年の間宮京平が好き。京平と両想いだと周りから聞かされた青は告白を決意するが、京平は哀しそうな顔で「付き合えない」と断ってきた。その後同じ高校に進学した二人。しかし、京平は小学校時代の幼馴染・瀬戸マリカとの仲を噂されて…。あきらめきれない青のとった行動とは。

ISBN978-4-88381-877-8
定価：本体550円＋税

ブルーレーベル

『幕末オオカミ』 真彩(まあや)-mahya-・著

夜な夜な妖怪が暴れまわる、幕末の世…ワケあって大奥から脱走した17歳のくのー・楓は、新撰組の美剣士・沖田総司と斉藤一に捕まってしまう。事情を話したところ、局長の近藤勇に気に入られ、楓は新撰組に入隊することになるが…ある夜、月を見ながら狼に変身する沖田の姿を目撃してしまい!?

ISBN978-4-88381-881-5
定価：本体580円＋税

パープルレーベル

『ねぇ、先生。』 佐伯麻来(さえきまき)・著

中3の沙月の担任は若くてイケメンの都賀先生。楽しい学校生活になるはずがクラス全員からイジメに遭ってしまう。親友からもイジメられ、傷つく沙月。でも、先生だけはいつも味方でいてくれた。ある日、先生の家で写真と日記帳を見つける。そこには恐ろしい秘密があって…!? 激ヤバケータイ小説第一弾！

ISBN978-4-88381-756-6
定価：本体510円＋税

ブラックレーベル

ケータイ小説文庫　2014年12月発売

『幼なじみは溺愛王子君。』(仮)　桜里愛・著

高1の藤沢まりやは、中学生になるまで隣に住んでいた初恋の彼・松坂大翔のことが今でも大好き。でも、その初恋の彼が女子嫌いのクールなイケメンになって、何と同じ高校に入学してきたから大変‼ その上ある事情から、なぜか2人は同居することに⁉ 幼なじみとのトップシークレットな恋物語！

ISBN978-4-88381-917-1
予価：本体500円+税

ピンクレーベル

『優しい君に恋をして』　樹香梨・著

高1のあすかは、入学初日の通学電車で優と出会い、ひと目惚れしてしまう。なんとか優と仲良くなりたいあすかは思い切って手紙を渡す。以来ふたりは通学電車の中で距離を縮めていくが、ある出来事によって、あすかは優が背負う悲しい宿命を知ることに…。切なくてピュアなふたりの恋に号泣！

ISBN978-4-88381-919-5
予価：本体500円+税

ブルーレーベル

『カラダ探し～最終夜～上』　ウェルザード・著

美雪が棺桶に入って数日。明日香の前に、級友の幸恵が「カラダを探して」と現れる。他のメンバーと共に夜の校舎でカラダを探すことになった明日香。赤い人の呪いを探るべく廃墟となった小野山家に再び足を踏み入れる。呪いの真実が明らかになっていく中、"黒くて恐い人" が現れて…。

ISBN978-4-88381-916-4
予価：本体500円+税

ブラックレーベル

『青い猫の花嫁』　mai・著

16歳の誕生日、「運命の人、ください」と夜空にお願いした高1の真子。すると、窓の外にキレイな青い猫が現れる。その猫を抱いて眠ると…翌朝、なんと青い目をした超イケメンが同じベッドに⁉ しかも、突然結婚を迫られて…。猫と動物たちの運命に巻き込まれた真子は、いったいどうなるの⁉

ISBN978-4-88381-921-8
予価：本体500円+税

パープルレーベル

書店店頭にご希望の本がない場合は、
書店にてご注文いただけます。